同题散文经典

陈子善 蔡翔 ◎ 编

说梦 寻梦

朱自清 巴金 等 ◎ 著

人民文学出版社

图书在版编目(CIP)数据

说梦　寻梦/朱自清等著;陈子善,蔡翔编.
—北京:人民文学出版社,2017(2024.10 重印)
(同题散文经典)
ISBN 978-7-02-012629-3

Ⅰ.①说… Ⅱ.①朱…②陈…③蔡… Ⅲ.①散文集-中国-现代 ②散文集-中国-当代 Ⅳ.①I266

中国版本图书馆 CIP 数据核字(2017)第 072191 号

责任编辑:朱卫净　张玉贞
封面设计:汪佳诗

出版发行　人民文学出版社
社　　址　北京市朝内大街 166 号
邮政编码　100705

印　　刷　山东新华印务有限公司
经　　销　全国新华书店等

开　　本　890 毫米×1240 毫米　1/32
印　　张　6.25
插　　页　2
字　　数　132 千字
版　　次　2007 年 12 月北京第 1 版
印　　次　2024 年 10 月第 3 次印刷

书　　号　978-7-02-012629-3
定　　价　39.00 元

如有印装质量问题,请与本社图书销售中心调换。电话:010-65233595

编辑例言

中国素来是散文大国,古之文章,已传唱千世。而至现代,散文再度勃兴,名篇佳作,亦不胜枚举。散文一体,论者尽有不同解释,但涉及风格之丰富多样,语言之精湛凝练,名家又皆首肯之。因此,在时下"图像时代"或曰"速食文化"的阅读气氛中,重读散文经典,便又有了感觉母语魅力的意义。

本着这样的心愿,我们对中国现当代的散文名篇进行了重新的分类编选。比如,春、夏、秋、冬,比如风、花、雪、月等等。这样的分类编选,可能会被时贤议为机械,但其好处却在于每册的内容相对集中,似乎也更方便一般读者的阅读。

这套丛书将分批编选出版,并冠之以不同名称。选文中一些现代作家的行文习惯和用词可能与当下的规范不一致,为尊重历史原貌,一律不予更动。考虑到丛书主要面向一般读者,选文不再注明出处。由于编选者识见有限,挂一漏万在所难免,因此,遗珠之憾也将存在。这些都只能在编选过程中逐步弥补,敬请读者诸君多多指教。

目录

听说梦 …………… 鲁　迅　1
梦 ………………… 周作人　4
梦 ………………… 梁实秋　7
梦 ………………… 穆　旦　10
说梦 ……………… 朱自清　12
说梦 ……………… 臧克家　15
说梦 ……………… 何　默　18
说梦 ……………… 邵燕祥　26
说梦 ……………… 魏荒弩　27
晨梦 ……………… 丰子恺　30
痴梦 ……………… 黄　裳　33
睡与梦 …………… 吴祖光　36
梦的杂想 ………… 张中行　40
梦的杂感 ………… 鲍　昌　45
梦中说梦 ………… 柯　灵　50
话说做梦 ………… 何　为　54
梦时 ……………… 简　嫃　56

梦呓集	周蜜蜜 59
梦的语言	韩 东 62
大梦谁先觉	伍立杨 64

颓败线的颤动	鲁 迅 73
严霜下的梦	茅 盾 76
花香雾气中底梦	許地山 81
鸭窠围的梦	沈从文 84
从地狱到天堂	高长虹 86
梦游	俞平伯 88
梦后	何其芳 90
梦呓	缪崇群 93
记梦	汪曾祺 95
说梦	冰 心 97
说梦	董乐山 99
冬至夜的梦	冯亦代 101
梦	巴 金 104
梦	斯 妤 108
说梦	废 名 110
一个梦和另一个梦	车前子 117

| 梦与现实 | 郭沫若 121 |
| 梦 | 陆 蠡 124 |

说梦 …………………… 巴　金 126
切梦刀 ………………… 李健吾 129
拾得的梦 ……………… 唐　弢 132
童年的梦 ……………… 萧　乾 134
梦游帖 ………………… 伍倜子 136
残梦补记 ……………… 蓝　翎 139

论梦想 ………………… 林语堂 145
寻梦 …………………… 巴　金 150
寻梦人 ………………… 唐　弢 154
归梦 …………………… 梁宗岱 162
"住"的梦 ……………… 老　舍 164
白日的梦 ……………… 叶灵凤 167
白日的梦 ……………… 许　杰 170
绿色的梦 ……………… 陆文夫 175
翡翠色的梦 …………… 赵淑侠 179
在杜甫草堂的昼梦 …… 李霁野 184
香港的说梦人 ………… 王安忆 190

听说梦

◎鲁迅

做梦,是自由的,说梦,就不自由。做梦,是做真梦的,说梦,就难免说谎。

大年初一,就得到一本《东方杂志》新年特大号,临末有"新年的梦想",问的是"梦想中的未来中国"和"个人生活",答的有一百四十多人。记者的苦心,我是明白的,想必以为言论不自由,不如来说梦,而且与其说所谓真话之假,不如来谈谈梦话之真,我高兴地翻了一下,知道记者先生却大大地失败了。

当我还未得到这本特大号之前,就遇到过一位投稿者,他比我先看见印本,自说他的答案已被资本家删改了,他所说的梦其实并不如此。这可见资本家虽然还没法禁止人们做梦,而说了出来,倘为权力所及,却要干涉的,决不给你自由。这一点,已是记者的大失败。

但我们且不去管这改梦案子,只来看写着的梦境罢,诚如记者所说,来答复的几乎全部是知识分子。首先,是谁也觉得生活不安定,其次,是许多人梦想着将来的好社会,"各尽所能"呀,"大同世界"呀,很有些"越轨"气息了(末三句是我添的,记者并没有说)。

但他后来就有点"痴"起来,他不知从哪里拾来了一种学说,将一百多个梦分为两大类,说那些梦想好社会的都是"载道"之梦,是"异端",正宗的梦应该是"言志"的,硬把"志"弄成一个空洞无物的东西。然而,孔子曰,"盍各言尔志",而终于赞成曾点者,就因为其"志"合于孔子之"道"的缘故也。

其实是记者的所以为"载道"的梦,那里面少得很。文章是醒着的时候写的,问题又近于"心理测验",遂致对答者不能不做出各各适宜于目下自己的职业、地位、身份的梦来(已被删改者自然不在此例),即使看去好像怎样"载道",但为将来的好社会"宣传"的意思,是没有的。所以,虽然梦"大家有饭吃"者有人,梦"无阶级社会"者有人,梦"大同世界"者有人,而很少有人梦见建设这样社会以前的阶级斗争,白色恐怖,轰炸,虐杀,鼻子里灌辣椒水,电刑……倘不梦见这些,好社会是不会来的,无论怎么写得光明,终究是一个梦,空头的梦,说了出来,也无非教人都进这空头的梦境里面去。

然而要实现这"梦"境的人们是有的,他们不是说,而是做,梦着将来,而致力于达到这一种将来的现在。因为有这事实,这才使许多知识分子不能不说好像"载道"的梦,但其实并非"载道",乃是给"道"载了一下,倘要简洁,应该说是"道载"的。

为什么会给"道载"呢?曰:为目前和将来的吃饭问题而已。

我们还受着旧思想的束缚,一说到吃,就觉得近乎鄙俗。但我是毫没有轻视对答者诸公的意思的。《东方杂志》记者在《读后感》里,也曾引弗洛伊德的意见,以为"正宗"的梦,是"表现各人的心底的秘密而不带着社会作用的"。但弗洛伊德以被压抑为梦的根底——人为什么被压抑的呢?这就和社会制度、习惯之类连接了起来,单是做梦不打紧,一说,一问,一分析,可就不妥当了。记者没有想到这一层,于是就一头撞在资本家的朱笔上。但引"压抑说"来释梦，我想，大家必已经不以为忤了罢。

不过，弗洛伊德恐怕是有几文钱，吃得饱饱的罢，所以没有感到吃饭之难，只注意于性欲。有许多人正和他在同一境遇上，就也轰然地拍起手来。诚然，他也告诉过我们，女儿多爱父亲，儿子多爱母亲，即因为异性的缘故。然而婴孩出生不多久，无论男女，就尖起嘴唇，将头转来转去。莫非它想和异性接吻么？不，谁都知道：是要吃东西！

食欲的根底，实在比性欲还要深，在目下开口爱人，闭口情书，并不以为肉麻的时候，我们也大可以不必讳言要吃饭。因为是醒着做的梦，所以不免有些不真，因为题目究竟是"梦想"，而且如记者先生所说，我们是"物质的需要远过于精神的追求"了，所以乘着Censors(也引用弗洛伊德语)的监护好像解除了之际，便公开了一部分。其实也是在"梦中贴标语，喊口号"，不过不是积极的罢了，而且有些也许倒和表面的"标语"正相反。

时代是这么变化，饭碗是这样艰难，想想现在和将来，有些人也只能如此说梦，同是小资产阶级(虽然也有人定我为"封建余孽"或"土著资产阶级"，但我自己姑且定为属于这阶级)，很能够彼此心照，然而也无须秘而不宣的。

至于另有些梦为隐士，梦为渔樵，和本相全不相同的名人，其实也只是预感饭碗之脆，而却想将吃饭范围扩大起来，从朝廷而至园林，由洋场及于山泽，比上面说过的那些志向要大得远，不过这里不来多说了。

1月1日

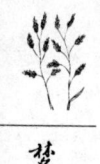

梦

◎周作人

　　我如要来谈梦，手边倒也有些好材料，如张伯起的《梦古类考》，晒书堂本《梦书》，蔼理斯的《梦之世界》，拉克列夫的《梦史》等，可以够用。但是现在来讲这些东西，有什么用处呢。这里所谓梦实在只是说的希望，虽然推究下去希望也就是一种梦。案佛书上说，梦有四种，一四大不和梦，二先见梦，三天人梦，四想梦。西洋十六世纪时学者也分梦为三种，一自然的，即四大不和梦，二心意的，即先见梦，三神与鬼的，即天人及想梦。现代大抵只分两类，一再现的，或云心意的，二表现的，或云感觉的。其实表现的梦里即包括四大不和梦，如《善见律》云，眠时梦见山崩，或飞腾虚空，或见虎狼狮子贼逐。此是四大不和梦，虚而不实。先见梦据解说云，或昼日见，夜则梦见，此亦不实，则是再现的梦也。天人示现善恶的天人梦，示现福德罪障的想梦，现在已经不再计算，但是再现的梦里有一部分是象征的，心理分析学派特别看重，称曰满愿的梦，以为人有密愿野望，为世间礼法所制，不能实现，乃于梦中求得满足，如分析而求得其故，于精神治疗大有用处。此系专门之事，唯如所说其意亦颇可喜，我说希望也就是一种梦，就此我田引水，很是便利。不过希望的运命很不大好，世人对于梦倒颇信赖，古今来不断地加以诂释，希望则大家多以为是很渺茫的。希腊传说里有班陀拉的故事,说天帝命锻冶神造一女人,众神各赠以美艳,工巧,媚惑与狡狯,名曰班陀拉,意云众赐,给厄比美透斯为妻,携有一匣,嘱勿启视,班陀拉好奇,窃发视之,一切罪恶疾病悉皆飞出,从此人间无复安宁,唯希望则尚闭存匣底云。希望既然不曾飞出来,那么在人间明明没有此物,传述这故事的人不但是所谓憎女家,亦由此可知是一个悲观论者,大概这二者是相连的也未可知。但是仔细想来,悲观也只是论而已,假如真是悲观,这论亦何必有,他更无须论矣。俗说云,有愚夫卖油炸鬼,妻教之曰,二文一条,如有人给三文两条者,可应之曰,如此不如自吃,切勿售与。愚夫如教,却随即自吃讫,终于一条未卖,空手而回,妻见惊诧,叱之曰,你心里想着什么,答曰,我现在想喝一碗茶。这只是一个笑话,可知希望总是永存的,因为愚夫的想头也就本来是希望也。说到这里,我们希望把自己的想头来整理一下,庶几较为合理,弗为世人所笑。吃油炸鬼后喝茶,我们也是应当想的,不过这是小问题,只关系自身的,此外还该有大一点的希望值得考虑。清末学者焦理堂述其父训词云,人生不过饮食男女,非饮食无以生,非男女无以生生,唯我欲生,人亦欲生,我欲生生,人亦欲生生。这话说得很好,自身的即是小我的生与生生固是重要,国家民族更是托命的本根,此大我的生与生生尤其应当看重,不必多说道理,只以生物的原则来说也是极明了的事。现代青年对于中国所抱的希望当然是很大而热烈,不过意气沮丧的也未必没有,所以赘说一句,我们无论如何对于国家民族必须抱有大的希望。在这乱世有什么事能做本来是问题,或者一无所成也说不定,但匣子里的希望不可抛弃,至少总要守住中国人的立场。昔人云,大梦谁先觉。如上

边所说大的希望即是大梦,我愿谁都无有觉时,若是关于一己的小梦,则或善或恶无多关系,即付之不论可已。民国三十三年,除夕。

梦

◎梁实秋

《庄子·大宗师》："古之真人，其寝不梦。"注："其寝不梦，神定也，所谓至人无梦是也。"做到至人的地步是很不容易的，要物我两忘，"嗒然若丧其耦"才行，偶然接连若干天都是一夜无梦，浑浑噩噩地睡到大天光，这种事情是常有的，但是长久地不做梦，谁也办不到。有时候想梦见一个人，或是想梦做一件事，或是想梦到一个地方，拼命地想，热烈地想，刻骨镂心地想，偏偏想不到，偏偏不肯入梦来。有时候没有想过的，根本不曾起过念头的，而且是荒谬绝伦的事情，竟会窜入梦中，突如其来，挥之不去，好惊、好怕、好窘、好羞！至于我们所企求的梦，或是值得一做的梦，那是很难得一遇的事，即使偶有好梦，也往往被不相干的事情打断，蘧然而觉。大致讲来，好梦难成，而噩梦连连。

我小时候常做的一种梦是下大雪。北国冬寒，雪虐风饕原是常事，哪有一年不下雪的？在我幼小心灵中，对于雪没有太大的震撼，顶多在院里堆雪人、打雪仗。但是我一年四季之中经常梦雪，差不多每隔一二十天就要梦一次。对于我，雪不是"战退玉龙三百万，败鳞残甲满天飞"（张承吉句），我没有那种狂想，也没有白居易"可怜今夜鹅毛雪，引得高情鹤氅人"那样的雅兴，更没有柳宗元"独钓寒江雪"的那份幽独的感受。雪只是大片大片的六出雪花，似有声似无声地、没头没脑地从天空筛将下来。如果这一场大雪把地面上的一切不平都匀称地遮覆起来，大地成为白茫茫的一片，像韩昌黎所谓"凹中初盖底，凸处尽成堆"，或是相传某公所谓"黑狗身上白，白狗身上肿"，我一觉醒来便觉得心旷神怡，整天高兴。若是一场风雪有气无力，只下了薄薄一层，地面上的枯枝败叶依然暴露，房顶上的瓦垄也遮盖不住，我登时就会觉得哽结，醒后头痛欲裂，终朝寡欢。这样的梦我一直做到十四五岁才告停止。

紧接着常做的是另一种梦，梦到飞。不是像一朵孤云似的飞，也不是像抟扶摇而上九万里的大鹏，更不是徐志摩在《想飞》一文中所说的"飞上天空去浮着，看地球这弹丸在太空里滚着，从陆地看到海，从海再看回陆地，凌空去看一个明白"，我没有这样规模的豪想。我梦飞，是脚踏实地两腿一弯，向上一纵，就离了地面，起先是一尺来高，渐渐上升一丈开外，两脚轻轻摆动，就毫不费力地越过了影壁，从一个小院窜到另一个小院，左旋右转，夷犹如意。这样的梦，我经常做，像潘彼得"那个永远长不大的孩子"，说飞就飞，来去自如。醒来之后，就觉得浑身通泰。若是在梦里两腿一踹，竟飞不起来，身像铅一般重，那么醒来就非常沮丧，一天不痛快。这样的梦做到十八九岁就不再有了。大概是潘彼得已经长大，而我像是雪莱《西风歌》所说的，"落在人生的荆棘上了！"

成年以后，我过的是梦想颠倒的生活，白天梦做不少，夜梦却没有什么可说的。江淹少时梦人授以五色笔，由是文藻日新。王殉梦大笔如椽，果然成大手笔。李白少时笔头生花，自是天才瞻逸，这都是奇迹。说来惭愧，我有过一支小小的可以旋转笔芯的四色铅笔，我也有过一幅朋友画赠的"梦笔生花图",但是都无补于我的文思。我的亲人、我的朋友送给我的各式各样的大小精粗的笔,不计其数,就是没有梦见过五色笔,也没有梦见过笔头生花。至于黄帝之梦游华胥、孔子之梦见周公、庄子之梦为蝴蝶、陶侃之梦见天门,不消说,对我而言更是无缘了。我常有噩梦,不是出门迷失,找不着归途,到处"鬼打墙",就是内急找不到方便之处,即使找到了地方也难得立足之地,再不就是和恶人打斗而四肢无力,结果大概都是大叫一声而觉。像黄粱梦、南柯一梦那样的丰富经验,纵然是梦不也是很快意么?

梦本是幻觉,迷离惝恍,与过去的意识或者有关,与未来的现实应是无涉,但是自古以来就把梦当兆头。晋皇甫谧《帝王世纪》说:黄帝做了两个大梦,一个是"大风吹天下之尘垢皆去",一个是"人执千钧之弩驱羊万群",于是他用江湖上拆字的方法占梦,依前梦"得风后于海隅,登以为相",依后梦"得力牧于大泽,进以为将"。据说黄帝还著了《占梦经》十一卷。假定黄帝轩辕氏是于公元前二六九八年即帝位,他用什么工具著书,其书如何得传,这且不必追问。《周礼·春官》证实当时有官专司占梦之事,"观天地之会,辨阴阳之气,以日月星辰,占六梦之吉凶,一曰正梦,二曰噩梦,三曰思梦,四曰寤梦,五曰喜梦,六曰惧梦。"后世没有占梦的官,可是梦为吉凶之兆,这种想法仍深入人心。如今一般人梦棺材,以为是升官发财之兆;梦粪便,以为黄金万两之征。何况自古就有传说,梦熊为男子之祥,梦兰为妇人有身,甚至梦见自己的肚皮生出一棵大松树,谓为将见人君,真是痴人说梦。

梦

◎穆旦

　　近日睡中总要做梦,据说梦是魂的漂流或梦神的赐予,那是灵验的。若果如此,我便得诅咒梦神与我开的玩笑了。梦飞机,飞翔于凌空,正在人们的鼓掌声中,忽然醒来,这往往使我在朦胧之际信以为真,那是最使人怅然的一件事。过去后明白了,那不过是梦而已。我的梦总是半美满的。我也知道,梦从没有完全是美满的;然而正因着它留些缺陷,往往使我醒在床上的时候回想,那滋味真是甜美极了。

　　噩梦我也常做,梦中总是极不痛快的。或是梦着担惊受怕的事,尤以提心吊胆的梦多,醒后心中还常悸悸然,以为仍然没有离开险境,然而真醒后也便明白是怎样一回事了。无论是好梦或噩梦,我总愿与人谈及它是怎样地美妙或怎样地险恶。谈者和听者都还觉得有些意思,正如讲一段故事一般有趣味,所以这样我倒常愿意做着梦玩了。

　　最是极平常的梦没有意思,平淡而无奇地演序下去一直到醒,那是多么没有趣?我以为那是极没有谈论或记在日记上的价值的。

　　由此,我想到"梦"是不是也可以用来比喻"人生"。

　　最先说这句话,我自己也觉得多少有些"出世"的意思,其实不然。"人生"在另一方面是可以正确地做"梦"解,人生的一半既是被断断片片的所谓"梦"侵占住；那一半"人生"中的事务忙碌，又何尝不可谓之"梦"呢？由生至死，你若只为捞钱吃饭，娶妻生子，作为一个人家口中的好人，一生平安过去，那只不过算你做了一个平凡的梦，你自身又觉到有什么趣味呢？

人生本来是波折的，你若顺着那波折一曲一弯地走下去，才能领略到人生的趣味，正如你喜欢做一个美妙或险恶的梦一般，过后也总能寻出些滋味罢！

如果生活是需要些艺术化或兴趣的，那你最好不要平凡地度过它。你正在尝着甜的滋味也好，苦的滋味也好，但你须细细地咀嚼它，才能感出兴趣来。由此着想，你现在若处境苦恼，那是你一生中自然的转变；正如你在做了一个噩梦一般，过后想起一定要觉得更有趣味。这岂不是在生活中，应该有的一件事！因为你知道了苦恼，方能感到不苦恼的乐趣所在，所以你若要生活不平凡一点，有兴趣一点，总要有些不过于偏狭地爱好"梦"的心理才对；比如你常安适地过活，最好也要尝些苦的滋味；你常平静的心里，也叫它受些惊险；常按着轨道的生活也叫它变迁一下……这样，你可以减少些平凡的苦恼，正如好梦噩梦一般，回想起来都一样有意思。

12 月 16 日晚

说梦

◎朱自清

伪《列子》里有一段梦话,说得甚好:

> 周之尹氏大治产,其下趣役者,侵晨昏而不息。有老役夫筋力竭矣,而使之弥勤。昼则呻呼而即事,夜则昏惫而熟寐。精神荒散,昔昔梦为国君:居人民之上,总一国之事;游燕宫观,恣意所欲,其乐无比。觉则复役人。……尹氏心营世事,虑钟家业,心形俱疲,夜亦昏惫而寐。昔昔梦为人仆:趋走作役,无不为也;数骂杖挞,无不至也。眠中唔咿呻呼,彻旦息焉。……

此文原意是要说出"苦逸之复,数之常也;若欲觉梦兼之,岂可得邪?"这其间大有玄味,我是领略不着的;我只是断章取义地赏识这件故事的自身,所以才老远地引了来。我只觉得梦不是一件坏东西。即真如这件故事所说,也还是很有意思的。因为人生有限,我们若能夜夜有这样清楚的梦,则过了一日,足抵两日,过了五十岁,足抵一百岁;如此便宜的事,真是落得的。至于梦中的"苦乐",则照我素人的见解,毕竟是"梦中的"苦乐,不必斤斤计较的。若必欲斤斤计较,我要大胆地说一句:他和那些在墙上贴红纸条儿,写着"夜梦不祥,书破大吉"的,同样地不懂得梦!

但庄子说道,"至人无梦。"伪《列子》里也说道,"古之真人,其觉自忘,其寝不梦。"——张湛注曰,"真人无往不忘,乃当不眠,何梦之有?"可知我们这几位先哲不甚以做梦为然,至少也总以为梦是不大高明的东西。但孔子就与他们不同,他深以"不复梦见周公"为憾;他自然是爱做梦的,至少也是不反对做梦的。——殆所谓时乎做梦则做梦者欤?我觉得"至人"、"真人",毕竟没有我们的份儿,我们大可不必妄想;只看"乃当不眠"一个条件,你我能做到么?唉,你若主张或实行"八小时睡眠",就别想做"至人"、"真人"了!但是,也不用担心,还有为我们捫木梢的:我们知道,愚人也无梦!他们是一枕黑甜,哼呵到晓,一些儿梦的影子也找不着的!我们侥幸还会做几个梦,虽因此失了"至人"、"真人"的资格,却也因此而得免于愚人,未尝不是运气。至于"至人"、"真人"之无梦和愚人之无梦,究竟有何分别?却是一个难题。我想偷懒,还是撅拾上文说过的话来答吧:"真人……乃当不眠……"而愚人是"一枕黑甜,哼呵到晓"的!再加一句,此即孔子所谓"上智与下愚不移"也。说到孔子,孔子不反对做梦,难道也做不了"至人"、"真人"?我说:"唯唯,否否!"孔子是"圣人",自有他的特殊的地位,用不着再来争"至人"、"真人"的名号了。但得知道,做梦而能梦周公,才能成其所以为圣人;我们也还是够不上格儿的。

　　我们终于只能做第二流人物。但这中间也还有个高低。高的如我的朋友 P 君:他梦见花,梦见诗,梦见绮丽的衣裳……真可算得有梦皆甜了。低的如我:我在江南时,本忝在愚人之列,照例是漆黑一团地睡到天光;不过得声明,哼呵是没有的。北来以后,不知怎样,陡然聪明起来,夜夜有梦,而且不一其梦。但我究竟是新升格的,梦尽管做,却做不着一个清清楚楚的梦！成夜地乱梦颠倒，醒来不知所云，恍然若失。最难堪的是每早将醒未醒之际，残梦依人，腻腻不去；忽然双眼一睁，如坠深谷，万象寂然——只有一角日光在墙上痴痴地等着！我此时决不起来，必凝神细想，欲追回梦中滋味于万一；但照例是想不出，只惘惘然茫茫然似乎怀念着些什么而已。虽然如此，有一点是知道的：梦中的天地是自由的，任你徜徉，任你翱翔；一睁眼却就给密密的麻绳绑上了，就大大地不同了！我现在确乎有些精神恍惚，这里所写的就够教你知道。但我不因此诅咒梦；我只怪我做梦的艺术不佳，做不着清楚的梦。若做着清楚的梦，若夜夜做着清楚的梦，我想精神恍惚也无妨。照现在这样一大串儿糊里糊涂的梦，直是要将这个"我"化成漆黑一团，却有些儿不便。是的，我得学些本事，今夜做他几个好好的梦。我是彻头彻尾赞美梦的，因为我是素人，而且将永远是素人。

说梦

◎臧克家

大自然给人以生命，赐予阴阳。阳，是白昼，光天化日，人们得以从事各种活动。阴，是黑夜，使人睡眠，但实际上，身已着床，即入酣甜之乡者少，而被梦骚扰的时候却甚多。夜，是一块肥沃的黑土，梦的花朵盛开，红色的，白色的，黄色的，蓝色的。有的，惹人眉飞色舞；有的，梦回而宿泪仍在；有的身坠悬崖，一睁眼，死里得生而心跳未已；有的身在富贵荣华之中，觉后陡然成空。梦，是个千变万化、离奇古怪、神妙莫测的幻境，其实，它扎根于生活现实。俗话说："梦是心头想"，一言中的。

古人说：至人无梦。因为他物我两忘。有的高僧，面壁十年，心如古井之水。这种心高碧霄，决绝物欲的境界，不用说芸芸众生，即使圣哲也难以达到。

名震百代的大人物周武王也做梦。据说他父亲周文王问他："汝何梦矣？"他回答："梦帝与我九龄。"意思是说，他可以活到九十岁，文王应该活到一百岁，父亲让给三岁，文王活到九十七岁，武王活到九十三岁。黄山谷的神宗皇帝挽词中有"忧勤损梦龄"之句，因此，"梦龄"与"损梦龄"都成了有名的典故。

孔子，是"大圣"，他很崇拜周公，恨生不同时，时常在梦中见到他，足见倾心。孔子到了晚年，梦见他崇敬的对象的时候少了，感慨地自思自叹："甚矣，吾衰也！久矣吾不复梦见

周公。"

庄周化蝶的故事，富于神秘色彩，百代流传，雅俗共赏。庄子把这个梦描绘得美妙动人，但是他的这个梦，是真是假？《庄子》名著多系寓言，想是他借梦的生动形象，以寓他的"齐物论"，谈"丧我"、"物化"的哲学思想的。但，他说是梦，就算梦话吧。

从圣人、哲人之梦再说说诗人、词家之梦。

苏东坡有篇记梦的名词作，调寄《江城子》，并有小序："乙卯正月二十日记梦。"这首词写于密州太守任上，记亡妻王弗十年祭时。东坡政治上失意，心情苍凉，追念爱侣，也自诉苦衷，回顾往事，生死两伤。生者，"尘满面，鬓如霜"，"无处话凄凉"；梦中的死者则"相顾无言，唯有泪千行"。情真意切，读之如何不泪垂？

我极喜欢清代著名诗人黄仲则的《两当轩集》，其中有梦中悼亡名句："衔恨愿为天上月，年年犹得向郎圆。"我中年读了，永不忘怀，心凄然而动，愁肠为之百转。恩爱的青春爱侣，忽焉而逝，这是人间最令人悲痛的恨事。这两句诗充满了伤心哀怨，但蕴藉婉转，所以感人至深。这名句，明明出于诗人之手，可是，他在小序中，却这么说："余妻素不工诗，不知何以得此耶。"说它出于亡妻心魂，这样一来，诗人的悲伤之情更浓，感人的力量也就更强烈了。

三说现代作家之梦。

首先是从鲁迅先生开始。

最近读了许广平的《最后的一天》，是写鲁迅先生病逝前夕的情况的，写得真实详细。病人受难以忍耐的折磨，双手紧握的死别之痛，读了令人心颤！其中有一段是这样写的："他说出一个梦：'他走出去，看见两旁埋伏着两个人，打算给他攻击，他想：你们要当着我生病的时候攻击我吗？不要紧！我身边还有匕首呢，投出去，掷在敌人身上。'"

鲁迅先生是伟大的战士，终其一生，在形形色色的敌人打击、高压、追捕的情况下，以牙还牙，挺立如山，即使在病中做梦，还与敌人战斗。何等气概，何等精神，它动人，更能励人！

无独有偶，鲁迅先生的朋友曹靖华同志也有个为人熟知的梦中斗特务的故事。靖华同志有梦游症，有一夜，在梦中他与一个特务奋力搏斗，猛地一下子，身子从床上摔到地下，他这才醒了过来。

说古道今，最后，做一条小尾巴，说说我自己。

我到了晚年，爱忆往事，关注现实，胸怀世界，系念之情，如丝如缕，因而梦多。夜里，应该好好休息，实际上，是在乱梦的纠缠之中。惊险的多，舒心的极少。我书柜上贴着两联字，是我从报刊上抄下来的："酒常知节狂言少，心不能清乱梦多。"第一句与我无关，我滴酒不入；第二句好似专为我而作的。一个"乱"字，写活了我的梦境，也道出了我的心魂。我夜间做梦，午睡也做梦。梦的主题是追念黄泉之友，抹杀了生死界限，对坐言欢，双眼一睁，情凄心凉。有一次，舒乙来访，刚刚落座，我对他说，前夜我梦里见到老舍先生。他乍听一惊，我立即把台历拿来说："你看！"他悄然而沉思。

古人说：人生如梦。人生是现实不是梦，一个"如"字已说得很清楚。一个人的一切内心隐秘，幻化成梦，什么样的人，做什么样的梦，从梦中能看到一个个真人。

说梦

◎何默

"昼有所思,夜梦其事。"这是一般人对于梦的解释;但梦并不限于昼思,往往昼间并无所思,而夜间也会发生梦的。所以梦的起因,并不这样简单。

中国人对于梦的起因,大多又能作鬼神所附托,如孙真人《调神论》说:"凡梦皆缘魂魄室于躯体不能流动,夜则魂魄虚静,神告以未来吉凶,而梦生焉。"所以旧剧中表现梦境,往往有鬼神附插其间。这种说法,在科学昌明的今日,当然是不足置信的。

其实这种附会的解释,不独中国人如此,西洋人也是如此,他们说梦是一种心象,所以常用灵魂去解释它,正和中国人说梦是鬼神所托,同出一辙。

据一般心理学家的解释,梦的起因是由于两种刺激,一种是外界的刺激,一种是内部的刺激。外界刺激系视、触、听诸觉,内部刺激如关于人的意气和内脏,都可以因刺激而起梦境。中国古籍中解释梦的,对于那两种刺激,也有很多的记载。如《列子·周穆王篇》云:

一体之盈虚消息,皆通于天地,应于物类。故阴气壮则梦涉大水而恐惧,阳气壮则梦涉大火而燔焫,阴阳俱壮则梦生杀,甚饱则梦与,甚饥则梦取,是以以浮虚为疾者则梦扬，以沉实为疾者则梦溺，藉带而寝则梦蛇，飞鸟衔发则梦飞，将阴梦火，将疾梦食，饮酒者忧，歌舞者哭。

此中所述，如阴气阳气，即为内部刺激，藉带衔发，即为外界刺激。而一般心理学家的解释，以为见烛光而梦大火，闻鸟声而梦歌舞，也都是由刺激而来的。至何以梦中的情景与刺激的实物不能尽同，那是因为人在睡眠状态之中，不能有清晰的知觉，所以结果尽成为错觉。也因为如此，同样见烛光的，而所梦未必尽同。如杜元《载梦》一文中，引鹿西氏云：

吾友忽梦亚历山大梨园，忽兆焚如，火光烛天。忽而又觉自身已在某园喷水泉前，四围栏杆上的铁链亦兆焚如，有如火蛇一条，横于各柱之端。又忽而觉身已在巴黎，是城已遭火灾。计于一夜中，身历无数可怖之火景。既而忽惊醒，乃见其侍女持烛闪过其旁。

又引《漂粟手牍》云：

娥是夜寝，梦升于天，无日而明，光芒射目不可视，惊觉乃烛也。

一云大火，一云明光，可知所梦未必相同，但其为视觉刺激所形成则一。因此使我想起唐柳宗元(?)《龙城录》中一则梦的故事，全是视觉与听觉刺激所形成的，兹引录如下：

隋开皇中，赵师雄迁罗浮。一日天寒日暮，在醉醒间，因憩仆车放松林间酒肆旁舍。见一女人，淡妆素服，出迓师雄。时已昏黑，残雪对月，色微明。师雄喜之，与之扣酒家门，得数杯相与饮。少顷，有一绿衣童来，笑歌戏舞，亦自可观。顷醉寝，师雄亦惝然，但觉风寒相袭。

说梦

> 久之，时东方已白，师雄起视，乃在大梅花树下，上有翠羽，啾嘈相须，月落参横，但惆怅而已。

这里梦中所见的女人，当是梅花无疑，而绿衣童就是翠羽，笑歌戏舞正是翠羽的啾嘈。至于受内部的刺激，《灵枢经》中更有许多的引证。兹亦引录如下，以见梦因的种种：

> 阴气盛则梦涉大水而恐怖，阳气盛则梦涉大火而燔焫，阴阳俱盛则梦相杀，上盛则梦飞，下盛则梦堕，盛饥则梦取，甚饱则梦予，肝气盛则梦怒，肺气盛则梦恐惧哭泣飞扬，心气盛则梦善笑恐畏，脾气盛则梦歌乐身体重不举，肾气盛则梦腰脊两解不属。凡此十二盛者至，而写之立已。

> 厥气客于心则梦见丘山烟火，客于肝则梦飞扬见金铁之奇物，客于肺则梦山林树木，客于脾则梦见丘陵大泽坏屋风雨，客于肾则梦临渊没居水中，客于膀胱则梦游行，客于胃则梦饮食，客于大肠则梦田野，客于小肠则梦聚邑冲衢，客于胆则梦斗讼自刳，客于阴气则梦接内，客于项则梦斩首，客于胫则梦行走而不能前及居深地窌苑中，客于股肱则梦礼节拜起，客于胞䐈则梦泄便：凡此十五不足者至，而补之立已也。

如上所述，可说把人身内部刺激而成梦的原因，全部都说到了。虽然事实上是否如此，我们不得而知；但它原是我国古代一部著名医籍，所载当有根据，与一般仅凭臆测的梦书，总较可信的罢！

梦的原因既然如此，那么梦境中的现象究竟与我们有没有关系呢？依照中国人的传统思想，梦是有预兆作用的，所以有暗示梦者未来吉凶的关系。周有"占梦"之官,就是专替帝王们占梦的吉凶。这情形,在古时的印度、波斯、埃及、希腊诸国也都如此。就是现在号称文明的国家,有时恐怕也不能免俗。中国最早的记载,像《诗经》中《斯干》一诗,就是说梦与生产有关系的:

> 下莞上簟,乃安斯寝。乃寝乃兴,乃占我梦。吉梦维何？维熊维罴,维虺维蛇。大人占之、维熊维罴,男子之祥。维虺维蛇,女子之祥。

此种解释,完全凭个人的想象,如朱熹所谓"熊罴,阳物在山,强力壮毅,男子之祥也;虺蛇,阴物穴处,柔弱隐伏,女子之祥也。"当然不足置信。

其实梦只是过去经验的重现,无此经验,即难得有此梦境。日本心理学家速水洸,曾说梦与经验有极大的关系,他举野蛮人做梦,除猎兽取鱼外,别无所见。此因野蛮人的经验,除了这几点外,实在再没有什么的缘故。中国宋时理学家张载,也说"梦所以缘旧于习心"。换句话说,就是梦发生于旧时所习知的。既云旧时所习知,也就是经验的意思。所以梦只是过去的重现,不是未来的预示。

说到这里,或许有人要问,那么像古时殷高宗梦得傅说,周文王梦得姜尚,这又是怎样说法呢？固然这种梦事,在我国史书上常有记载,一若真有其事,真从梦里预示来的,实则此种只是说者一种把戏。不信,请看庄子的《田子方篇》中所说:

> 文王观于臧,见一丈夫钓,而其钓莫钓,非持其钓有钓者也,常钓也。文王欲举而授之政,而恐大臣父兄之弗安也;欲终而释之,而不忍百姓之无天也。于是旦而属诸

> 大夫曰："昔者寡人梦见良人，黑色而髯，乘驳马而偏朱蹄，号曰寓而政于臧丈人，庶几乎民有瘳乎！"诸大夫蹴然曰："先君王也。"文王曰："然则卜之。"诸大夫曰："先君之命，王其无它，又何卜焉！"遂迎臧丈人而授之政。

这里面所说的臧丈人是否即姜尚，我们且不必去考证，只是情形实在有些相似，而文王之所以说梦见者，原是为的"恐大臣父兄之弗安也"。那么此种所谓梦者，岂非只是一种把戏，虚弄给底下人看的？这样说来，古人所谓预兆之说，究其实，不过在骗人而已。

还有一种，正如王符《潜夫论》所云："借如使梦吉事，而己意已大喜，乐发于心精，则真吉矣。梦凶事，而己意已大恐，忧悲发于心精，则真恶矣。"此盖梦中所见吉凶，原与本身无关，只是心理上真起了吉凶的念头，于是吉乃真吉，凶乃真凶，一若梦中所见，真有预兆的一种作用。《晏子春秋》中曾说齐景公病中做个凶梦，因占梦者偏占为吉，遂使景公病瘳，这实在是一个很好的例证。原记如此：

> 景公病水，卧十数日，夜梦与二日斗不胜。晏子朝，公曰："夕者梦与二日斗，而寡人不胜，我其死乎？"晏子对曰："请召占梦者。"出，使人以车迎占梦者至，曰："曷为见召？"晏子曰："夜者公梦二日与公斗不胜，公曰寡人死乎？故请君占梦，是所为也。"占梦者曰："请反其书。"晏子曰"毋反书。公所病者阴也，日者阳也，一阴不胜二阳，故病将已。请以是对。"占梦者入。公曰："寡人梦与二日斗而不胜，寡人死乎？"占梦者对曰："公之所病阴也，日者阳也，一阴不胜二阳，公病将已。"居三日，公病大愈，公且赐

占梦者,占梦者曰:"此非臣之力,晏子教臣也。"公召晏子且赐之,晏子曰:"占梦者以占之言对,故有益也;使臣言之,则不信矣。此占梦之力也,臣无功焉。"公两赐之曰:"以晏子不夺人之功,以占梦者不蔽人之能。"

这里面所说,岂非全是齐景公的心理作用?因为听信了占梦者的话,以为自己的病必愈,所以三日之后,果即霍然。据医学家告诉我们,病人的病,往往因心理作用,能使病体加重或减轻的,所以在病人面前,最不应说恐怖绝望一类的话。固然真是属于致命伤的病,我们无法用心理作用去挽回的,但是那种必不至于成为绝症的微疾,此种作用,却大有妙理可说。然则梦与事实,尽可由占者随意譬喻,与预兆根本无关。这则故事如果不经晏子坦白道破,一定又有许多人认为梦有预兆的正确例证,怎么知道这里面又像上面不过骗人而已!朱光潜先生在《变态心理学》中,解释梦的心理,他有一个比喻,说道有一个人乘船遇风,把儿子吹落到水里去,夜间梦见和儿子分梨吃。这个梦经过两人解释。甲说:"分梨者,分离也,不祥之兆。"乙说:"梨开则子见。"后来他果然把儿子寻出来了,乙的本领从效果方面固然比甲高明,可是这也有幸有不幸,何以见得分梨是"见子"而不是"分离"呢?不也是全随人的随意附会而已吗?

梦既与预兆无关,所以吉凶之说,根本不能成立。但梦与经验有关,所以梦也不是无意义的。那么梦的意义究竟是什么呢?据心理学家弗洛伊德(Sigmund Freud)解释,梦是愿望的满足,有满足寻常需要的,有满足饥饿的,有满足自由的企图的,有满足自私的贪求的,但显然化装的梦,大半皆是表达性欲愿望的。说到这里,也许有人要问,既然梦是满足愿望

说梦

的,那么梦境应当是快乐的,何以有时反做可怕的噩梦呢?这因为梦大半是象征的,化装过的。梦的化装,不是梦的真面目,只是"梦的显相",不是"梦的隐义"。做梦好比猜谜,显相是谜面,隐义是谜底。所以虽然做噩梦,但解释起来,却还是满足人们愿望的。他曾举过一例子,说有一位美术家相貌很美,为人也很和蔼,所以许多女子都爱他。他有一个十六岁的儿子,有一次告诉心理分析者说:"我梦见房子里有许多孔,父亲要把它们一起塞起来,我实在很替他担忧。父亲想一个人独塞,其实我很可以帮忙,而且他是一个大美术家,费气力去塞壁孔,也不合身份。"依他看来,这梦完全是性欲的象征。儿子看见父亲专享许多女子的爱,心中不免妒忌。那壁孔就是雌性的象征。所以忧父亲独塞壁孔是梦的显相,而梦的隐义,却是妒忌父亲的艳福。佛氏因此又解释梦中的形象,如杖、伞、树、刀、枪等长形物,都可以象征男性的生殖器;如房屋、瓶、船、橱等空洞有容的物件,都可以象征女性的生殖器;而飞行、上楼梯、种植等等动作,都可以象征性交。这种说法,可以说在梦的解释上是一个大发现了。

说到这里,中国人对于噩梦,向来有种种避厌之法,详载道书《云笈七签》中。这原是迷信之说,但为读者兴趣起见,不妨引录数则于下:

> 太素真人教始学者避噩梦法——若数遇噩梦者,一曰魄妖,二曰心试,三曰尸贼,此乃厌消之方也。若梦见,以左手捻人中二七过,叩齿二七通,微祝曰:"大洞真元,长炼三魂;第一魂速守七魄,第二魂速守泥丸,第三魂受心节度。速启太素三元君,向遇不祥之梦,是七魂游尸,来协邪源。急召桃康护命,上告帝君,五老九真,各守体

门。黄阙神师,紫户将军,把钺握铃,消灭恶精,返凶成吉,生死无缘。"毕,若又卧,必获吉应;而造为噩梦之气,则受闭于三阙之下也。

这是太素真人所教,是为一法。又有青童君口诀,则微有不同,兹亦引录如后:

青童君口诀曰:夜遇噩梦,非好觉,当即返枕而咒曰:"太灵玉女,侍真卫魂。六宫金童,来守生门。化恶返善,上书三元。使我长生,乘景驾云。"毕,咽液七过,叩齿七通,而复卧如此,亦自都绝也。

最后为太帝避梦神咒,办法较为繁重,大约这是对道士说的,所以要较普通人更为严厉罢。兹因文长不再多录。由此我们可知道避噩梦之法,不外念咒、叩齿、咽液、捻人中而已。其是否真如所说的那般灵验,那只有他们自己才知道了。

总之,梦本来是极平常的事,人人不能免。只是古人看作神秘,遂有种种附会。我根本于心理学是外行,毫无心得可言。这篇所说,只是随便谈谈而已。中国古语中有所谓"痴人说梦"的,原是对痴人不可以说梦的意思;但我这篇,大可说我自己是痴人,所说正是一片梦话哩。

说梦

◎邵燕祥

　　痴人说梦,惹人讥笑。
　　痴人而不说梦,就可免得人笑痴么?
　　可有不痴的人说梦?世人又作何说?
　　倘使不仅说梦,而且说梦之难成,梦之已破呢?
　　都说人生如梦,痴人说人生,不也是痴人说梦吗?
　　不痴的人说人生,为什么竟也有痴人说梦的嫌疑?

　　半个世纪前,《东方杂志》征文,要读者来说梦。
　　半个世纪后,有人检验这些梦,说有些梦已成现实,有的则终归是梦。
　　可以成现实的梦,说梦的就不是痴人么?
　　梦到幻灭的梦,也许才真是痴人所说的梦。

　　说到超现实主义的诗,理性之外的思想碎片,不合逻辑的意象叠加,索解为难,有人说:你怎能进入他人的梦境呢?
　　然则梦中尽管有他人,梦境终还是个人的梦境了。
　　那么,要几万万人做同一个梦,是不是痴人说梦?

1989年10月27日

说梦

◎魏荒弩

关于梦的解说,言人人殊,世界各地各有不同。

据报载,古埃及人认为,梦是神灵对你过去、现在和将来的点化;而佛教徒认为,梦是人们在另一个世界的虚幻旅行;非洲一些土著认为,梦是脱离了躯壳的灵魂在同已故者的谈话,预示未来的吉凶;而大部分北美洲人则相信,梦暗示着善有善报,恶有恶报。众说纷纭,原是很自然的事。而我,则服膺中国的一句老话:"日有所思,夜有所梦。"

是人,就有梦。难道人世之上有不做梦的人吗?做梦,显然是人体的一种正常的必不可少的生理过程。夜里,大脑需要梦,就像人白天需要面包一样。没有梦的宣泄,人可能要发疯。

曹靖华先生,在旧社会一直受国民党反动派的迫害,所以生前经常梦见特务跟踪,有时并与之进行搏斗,终致在搏斗中跌下床来,摔断了腿胯。巴金先生在"浩劫"中"受够了精神折磨和人身侮辱",至今仍不断为噩梦所苦,甚至梦见"'文革'还在抓人"。如此看来,梦仿佛是每个人的心灵的反映。

我自小也爱做梦。到老来,梦就更加频繁了。常常是一夜两三起,意想不到的事也会浮现在梦中。梦里的情景,自然是转眼即逝,了无踪影。但就模糊印象来说,幼年时代的梦,多偏于恐怖惊险、荒诞不经,富有浪漫主义色彩。比如,我小时候常常梦见妖魔鬼怪、凶神恶煞;有时也梦见从树杈或屋顶上摔下来。因为感到恐惧,一激灵便会惊醒,甚至吓出一身冷汗。记得那时,也常"撒吒怔"——这是冀中方言,意思就是:从睡梦中猛然坐起,发出喋喋吒语,或做一些毫无意识的动作,然后又憳然倒下睡去。

及至发育成长,梦海中又增加了新的涟漪,开始做起了甜蜜的梦。虽说好梦不长,但却是令人向往,叫人迷恋的。这是一生梦幻中最为美好的境界。说句真心话,那时对梦的憧憬,正如诗人元稹所感叹的:"情知梦无益,非梦见何期。"(《江陵三梦》)

不过,自从经历了丁酉之灾,特别是一九六九年十月到了江西鲤鱼洲干校以后,我的梦又增添了新的内涵,发生了微妙的变化。那时节,繁重的劳动,精神的折磨,帽子的重压,既惦记着返乡的老母,又牵挂着北京的妻儿,是我一生中心力交瘁、最难熬磨的二十二个月。当时,我常在梦中处于有家归不得的困境。或回家找不到车站,或迟到了,一辆车刚开走,或在转车时丢失了行李……于是急得团团转。急醒后,常常就再也不能入睡了。我还梦见过,不知为了逃避什么或是求得解脱,竟然一下子飞腾起来,身体平伏,像游泳那样在空中飞翔,但也仅能飞至房檐高,再往上飞就力不从心了,从而感到说不出的焦急和苦闷。还有一个梦,我记得最为真切:我曾梦见我十二岁的小儿子,身背简单行囊,到干校来寻我。当他哭哭啼啼踉踉跄跄出现在鄱阳湖大堤上的时候,我一阵惊诧,不禁喊出声来,以致把上铺的小俞都惊醒了……

而今,年事日增,一切都看淡了,连梦也趋于平实。所做的梦,大多是一生困厄的再现。但旧梦难寻,在错综复杂的梦境里,影影绰绰,只能寻得一些断缕残痕,详情细节早已不复记忆了。也许是人老虑多,近年来我总是梦见我那故去的亲人们。其中尤以梦见母亲的次数最多,而每一次梦见,她总是那么安详而怜惜地望着我,从不言语,但留给我的印象特别深;对几十年前的那些"打手"们,我原本早已置诸脑后,况且这些人均已先后猝死。但偏偏最近又梦见他们还在恶狠狠地对我进行呵斥,家也被抄得狼藉一片。惊醒后,仍心有余悸。继而想到这些人在世时的"嘉言懿行",像吞食了苍蝇一样令人恶心。最使人感到压抑的是,低头做人几十年,从不逾矩造次,更不愿出头露面,到老却梦见自己在受风派人物的排挤。或明或暗,如影随形,仿佛处处受到他们的钳制。然而,此之谓梦耶?真耶?恍惚中连自己也浑然不辨了……

人的一生,做梦的时间,据说长达六年之久。梦幻之多,可以说是另一番人生。重温旧梦,那滋味我看大都是苦涩的。因此,对那些曾困惑过我的残破的梦,也就懒得再去一一追寻了。

据说,人的精神负荷越重,梦也就越多。心灵的创伤,不是靠时间,而是通过梦来愈合的。通过梦会渐渐淡化、直至消弭那些痛苦的回忆。正常的梦境活动,是清除大脑垃圾的必要过程,是保证肌体正常生命活动的重要因素。所以有人说:"梦多寿命长。"但愿一切为噩梦所困扰的人,不仅能长命百岁,而且能生活得更好!

1992年1月24日

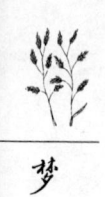

晨梦

◎丰子恺

我常常在梦中晓得自己做梦。晨间,将醒未醒的时候,这种情形最多,这不是我一人独有的奇癖,讲出来常常有人表示同感。

近来我尤多经验这种情形:我妻到故乡去做长期的归宁,把两个小孩子留剩在这里,交托我管。我每晚要同他们一同睡觉。他们先睡,九点钟定静,我开始读书、作文,往往过了半夜,才钻进他们的被窝里。天一亮,小孩子就醒,像鸟儿似的在我耳边喧聒,又不绝地催我起身。然这时候我正在晨梦,一面隐隐地听见他们的喧聒,一面做梦中的遨游。他们叫我不醒,将嘴巴合在我的耳朵上,大声疾呼:"爸爸!起身了!"立刻把我从梦境里拉出。有时我的梦正达于兴味的高潮,或还没有告一段落,就回他们话,叫他们再唱一曲歌,让我睡一歇,连忙蒙上被头,继续进行我的梦游。这的确会继续进行,甚且打断两三次也不妨。不过那时候的情形很奇特:一面寻找梦的头绪,继续演进,一面又能隐隐地听见他们的唱歌声的片断。即一面在热心地做梦中的事,一面又知道这是虚幻的梦。有梦游的假我,同时又有伴小孩子睡着的真我。

但到了孩子大哭,或梦完结了的时候,我也就毅然地起身了。披衣下床,"今日有何要务"的真我的正念凝集心头的时候,梦中的妄念立刻被排出脑外,谁还留恋或计较呢?

"人生如梦",这话是古人所早已道破的,又是一切人所痛感而承认的。那么我们的人生,都是——同我的晨梦一样——在梦中晓得自己做梦的了。这念头一起,疑惑与悲哀的感情就支配了我的全体,使我终于无可自解,无可自慰。往往没有穷究的勇气,就把它暂搁在一旁,得过且过地过几天再说。这想来也不是我一人的私见,讲出来一定有许多人表示同感吧!

因为这是众目昭彰的一件事:无穷大的宇宙间的七尺之躯,与无穷久的浩劫中的数十年,而能上穷星界的秘密,下探大地的宝藏,建设诗歌的美丽的国土,开拓哲学的神秘的境地。然而一到这脆弱的躯壳损坏且朽腐的时候,这伟大的心灵就一去无迹,永远没有这回事了。这个"我"的儿时的欢笑,青年的憧憬,中年的哀乐、名誉、财产、恋爱……在当时何等认真,何等郑重;然而到了那一天,全没有"我"的一回事了!哀哉,人生如梦!

然而回看人世,又觉得非常诧异:在我们以前,"人生"已被重复了数千万遍,都像昙花泡影似的倏现倏灭。大家一面明明知道自己也是如此,一面却又置若不知,毫不怀疑地热心做人。——做官的热心办公,做兵的热心体操,做商的热心算盘,做教师的热心上课,做车夫的热心拉车,做厨房的热心烧饭……还有做学生的热心求知识,以预备做人。这明明是自杀,慢性的自杀!

这便是为了人生的饱暖的愉快,恋爱的甘美,结婚的幸福,爵禄富厚的荣耀,把我们骗住,致使我们无暇回想,流连忘返,得过且过,提不起穷究人生的根本的勇气,糊涂到死。

梦

"人生如梦!"不要把这句话当作文学上的装饰的丽句!这是当头的棒喝!古人所道破,我们所痛感而承认的。我们的人生的大梦,确是——同我的晨梦一样——在梦中晓得自己做梦的。我们一面在热心地做梦中的事,一面又知道这是虚幻的梦。我们有梦中的假我,又有本来的真我。我们毅然起身,披衣下床,真我的正念凝集于心头的时候,梦中的妄念立刻被置之一笑,谁还留恋或计较呢?

同梦的朋友们!我们都有真我的,不要忘记了这个真我,而沉酣于虚幻的梦中!我们要在梦中晓得自己做梦,而常常找寻这个真我的所在。

痴梦

◎黄裳

前些时听一位从事戏曲教育的老校长说起,他们学校的同学,在上海虹口区一处颇偏僻的戏院上演一些昆曲剧目。开始时大家颇为担心,怕卖座不会好。不料观众一天比一天多,后来竟常常客满了。他觉得很奇怪,而且特别举出了节目中的一出《痴梦》,还是从南京的老师处学来的。一出单折戏,就靠一位演员在台上演独角戏,真不懂观众为什么会接受、喜欢。在"俞振飞演剧生活六十年纪念演出"的第一夜,我看到了江苏省昆剧院著名演员张继青演出的《痴梦》,又想到了老校长的那些话,使我想了很多。

这确是一出并不热闹的"冷戏"。朱买臣的妻子崔氏在"下堂"以后,竟无意中得知被她抛弃了的丈夫做了官,就要回来了,内心很不平静,夜里做了一个梦,一折戏说的就是这么一点事。主角是一位穿了青褶子的旦角,既无新奇服装,又无曲折情节,毫不火炽,该是一出标准的"冷戏"了,但这实实在在是一折最"炽热"的戏,它淋漓尽致地透露了人物复杂变幻、波澜起伏的内心世界。

说梦、写梦、画梦,这是我们的古典戏曲作家的一种偏爱,这是值得骄傲的。在西方的戏剧家尝试种种新鲜的探索手法之前很久,我们就已开始了这方面的创作活动了。最容易使人想起的是汤显祖的"临川四梦"。他可以说是一位在舞台上畅说梦境的大师。汤玉茗口口声声说是"梦",当然他写的其实都是现实社会的真实。说是梦,这样对作者和观众都方便些。同样的情形还有出鬼、出妖……"牛鬼蛇神",只有牛是最冤枉的,为什么要把它打成反革命,还要请它领衔呢?这道理我至今不懂。对妖,好像还客气一些,因为在它身上遮了一条薄薄的纱幕——"神话"。鬼就完全不行了,前些年公开讲的道理是说它宣扬迷信,真实的原因是因为它揭露了现实,也就是揭下了鬼物身上的画皮。

根据经验,说梦确也是较为稳妥的。禁止做梦的"勒令",在前十来年似乎还不曾听到过。不过像《痴梦》这样的戏,也真是冷落得很久了。

像朱买臣太太这样的人物,在封建社会里也确是很突出也很有典型性的,一般说,陈世美那样的人物要写得多些,女方遗弃男方的就比较稀奇,当然他们的动机彼此并没有多少差别。

朱太太离婚以后,日子好像也并不怎样优裕,但心情是平静的,因为她到底已经摆脱了这个"穷酸"。但当她偶然听到前夫做了大官即将回来时,心情就再也不能平静了。她是非做梦不可了。出于种种不同的理由,我们大约也都多少有过做梦的经验,但非凡的人物除外——"至人无梦"!

朱太太是不能不失悔自己下了错误的决心的。她不能不想,如果当初没有坚决要求离婚,今天她将会过上怎样的"好日子"。戏剧处理是极出色的。朱太太伏几假寐,不久就上来了执事人等,老家人和捧了凤冠霞帔的老妇人。这之间,有短暂但使人感到颇长久的死寂的静场。与《惊梦》不同,甚至没有使用柳梦梅手里的柳枝。观众很容易理解这一切都已是入梦了。老家人的敲门，人们的呼唤，都是轻轻的，节奏也是迂缓的，朱太太开门以后的惊愕、惊喜，在执事人等站堂时，她竟自吓得跪了下来。虚怯的心，即使在梦里竟也如此不易平静。

演员动作的疾徐变化，唱白的高低转换，都是揭露人物内心极为有效的手段。我想，从这种地方可以看出古老剧种，如昆曲，有着多么丰富的遗产。这一折戏的身段谱如果详细记录下来，将是厚厚的一本吧。不过我又想，这一切都是谁创造的呢？不是开天辟地就有的，是艺术家辛苦琢磨、积累起来的。在我们强调继承的重要性时，不是应该更重视探索与创新么？看了《痴梦》，我真不禁为我们古老的戏剧遗产中曾有过近似"意识流"这样的创作构思而惊异了。而它又是如此真实，高度的真实，丝毫没有荒唐、奇突之感。我们的艺术家的思想是活跃的，但又是非常健全的。

《痴梦》也是有现实意义的。这用不着我多说。在今天的社会里，做着这样的梦的人怕还是有而且并不很少的吧？

1980 年

梦

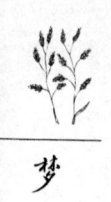

睡与梦

◎吴祖光

人活一辈子,睡觉差不多占了半辈子,睡觉与人生的关系真是够密切的了。我们每一个人到世界上来,来了就睡,一连好几个月地睡下去;而离开世界的时候,也总是睡着去的。睡觉的舒服、安逸,永远占据着人们享乐的最高点。最值得称颂的是它不用金钱,也不讲势力,无论老幼贫富,贤愚智不肖,除掉世界上最可怜的失眠症患者之外,都能得到一个睡眠。在睡的世界里,一切都是平等的。在那里,富翁可以变成乞丐,乞丐也可以变成富翁;皇太子可以和平民女儿恋爱成功,穷光蛋也可以笑傲王侯……睡觉是一件大事,同吃饭一样重要,比结婚更为重要。

睡觉根本是一种原始的享乐,所以并不十分需要现代化的装置,自然柔软的弹簧床是会使人适意,然而我们用最原始的自然环境也许可以给我们更多的乐趣,像史湘云醉眠芍药茵,就是一个最俏皮而又富于诗意的睡觉;这样谁能说这碧绿如茵的草地不比弹簧褥子更温软?醉人的春风不比天鹅绒的被子更轻柔?更何况树枝上的小鸟唱着催眠曲,小河里淙淙的水声送来酒也似的浓厚的睡意。

有一次,我坐在一节三等火车里,开始着一个辽远的程途,天慢慢地黑下去,车里的灯光是惨绿的颜色,每一个旅客都觉得非常疲倦了。那时从深夜的人堆里,忽然传来一声冗长而沉重的呵欠,这一声呵欠影响了全车的旅客,不由得令人想起家中温软的床铺,立刻觉得眼皮发涩,头发重,心发沉。随后鼾声大起,纷纷睡去。张嘴者有之,歪头者有之,咬牙切齿者有之,口角垂涎者有之,光怪陆离,万象毕陈。总而言之,大家都睡着了,虽然车里空气坏,椅子硬,没有床铺。

人家说:"睡中别有天地,谓之睡乡。"睡乡就是梦境,梦是什么?现代的心理生理学家的解释,说是一种外界的刺激促成身心上的下意识的反应。这个我们且撇开不谈,我只觉得梦是超乎现实的另一个人生,像《仲夏夜之梦》所表现的那么美的大同世界;它比苍蝇的翅还要轻,比空气还要空灵,比月光还要美丽,忽明忽灭,不可捉摸。《金刚般若经》说:"一切有为法,如梦幻泡影,如露亦如电,应作如是观。"梦是一个虚无的幻想,一个迎着阳光五彩的水泡,一个阴阴的暗影,一颗侵晓花茎上晶莹的露珠,一道倏然一现随即瞥然而逝的电光。

常言道:"日有所思,夜有所梦。"这种梦多半是最甜蜜的,我们白天得不到的东西,做不到的事情,往往在梦中就得到了,做到了。譬如说:心里想着某人,然而在事实上是可望而不可即的,思之想之,神魂颠倒。可是到了夜晚,假如梦神有灵,就把某人送来了,自己不由得有点飘飘然。最煞风景的就是在这恰到好处的时候,不是掉到沟里去了,便是被狗咬了一口。如此一来,"适可而止"。梦尽人渺,依然故我,四大皆空,所谓"不如意事常八九",连做梦都是如此。

纵使是如此空虚的梦,都不是我们强求得来的。贾宝玉想梦见林黛玉,不惜卑躬屈节,焚香净手,祷告神灵,冀得梦中一亲颜色;而结果纳头睡去,一觉睡到大天亮,梦边儿也没有沾到一点。这样我们可以体会到"悠悠生死别经年,魂魄不曾来入梦"是何等凄凉的情绪了。

虚无的梦有时也会改变现实的人生,最有名的就是《南柯梦》。《南柯梦》的主人公在黄粱未熟的短短的时间内,竟跑到梦中的南柯国里,去做了几十年的东床驸马;尝尽了悲欢苦乐,享尽了富贵荣华。梦醒时,他起了无限感慨,因此而参透了人生,于是居然青灯一盏,皈依佛门。梦真是不可思议,它不分时间,不分地域,相隔千万里的朋友,可以在梦中相处一堂,几十年的光阴可以在梦中一闪而过。梦之于人生,是非莫辨,虚实不分,离奇恍惚,不着边际。

古人有"人生如梦"与"浮生暂寄梦中梦"之类的话。是的,人生本是一个梦。睡乡的梦境不过是梦中之梦,大梦之中的小梦而已。人生下地来就是一个大梦的开始,死去就是梦的终结。世界本就是一个广大的梦境,我们就是这梦中的人物。其中的贵贱贫富,喜怒哀乐,不过是这梦境中的遭际;有的做着轰轰烈烈的梦,有的做着庸庸碌碌的梦,有的做着幸福的梦,有的做着可怜的梦;有桃色的梦也有灰色的梦。纵然我们在少年时代,被梦境所支配,像真事似的,为梦境所苦,为梦境兴奋,然而到了老年的时候,也就是大梦将醒的时候,哪一个不托着腮帮子,低着头,闭着眼,心里想着那几十年的过眼云烟,有如一梦呢?诸葛亮在高卧隆中之时,吟道:"大梦谁先觉,平生我自知。草堂春睡足,窗外日迟迟。"虽然他自命以为自知平生,先觉大梦,以睡觉为唯一的消遣,然而他终于接受了三顾茅庐之请,到茫茫人海之中做了一个角逐者,尽数十年的心力于残酷的争斗,七擒孟获,六出祁山,鞠躬尽瘁,死而后已。诸葛亮是所谓人中之龙,所谓高士,然而他终究逃不脱这梦的支配。啊！这人生如梦！这梦也似的人生！

　　写到这里，我望了望窗外，江南的暮春时节是如此美丽，前面的小河涨得水汪汪的。正是新雨之后，花草是一望皆碧之中夹着几点红白，越显得娇艳欲流，"庭芜上阶绿，草色入帘青"就是这时候的景色。浅草间有一对蝴蝶在翩翩追逐。我面对着这暮春天气，听见树枝擦着窗棂簌簌的声音，看见那一对蝴蝶隐没在密叶丛中时，忽然想起了庄周化蝶的故事。我只觉得恍惚，轻纱似的朦胧，我也分不出究竟是人间还是梦中了。

　　《饮水词》里有一句说得最好，道是："还睡！还睡！解道醒来无味。"假如我们真觉得这世界是无味的话，那么大家都睡吧！到睡乡中去找寻更美丽的梦境，因为真正的大同世界只能在梦里去寻求。

1937年3月于南京

　　打开箱子发现了去年春天在南京写的这篇短文，展读一过，百感交萦。一年来的艰苦遭际，让我觉得以往的生活真是一个荒唐梦，大有昨非而今犹不是之感。我发誓不再做梦了。然而我如何忘得了南京？

1938年11月于重庆

梦的杂想

◎张中行

我老伴老了,说话更惯于重复,其中在我耳边响得最勤的是:又梦见什么人在什么地方,清清楚楚,真怕醒。对于我老伴所说,正如她所抱怨,我完全接受的不多,可是关于梦却例外,不只完全接受,而且继以赞叹,因为我也是怕梦断派,同病就不能不相怜。严冬无事,篱下太冷,只好在屋里写,不是写梦,是写关于梦的胡思乱想。

古人人心古,相信梦与现实有密切关系。如孔子所说,"久矣吾不复梦见周公",那就不只有密切关系,而且有治国平天下的重大密切关系。因为相信有关系,所以有占梦之举,并进而有占梦的行业,以及专家。不过文献所记,占梦而真就应验的,大都出于梦与现实密切相关的信徒之手,如果以此为依据,以要求自己之梦,比如夜梦下水或缘木而得鱼,就以为白天会中奖,是百分之百要失望的。

也许就因为真应验的太少或没有,人不能不务实,把梦看作空无的渐渐占了上风。苏东坡的慨叹可为代表,是:"人生如梦,一樽还酹江月。"如梦,意思是终归是一场空。不知由谁发明,一场空还有教育意义,于是唐人就以梦的故事表人生哲学,写《枕中记》之不足,还继以《南柯太守传》,反复说明,荣华富贵是梦,到头来不过一场空而已。显然,这是酸葡萄心理的产物,就是说,是渴望荣华富贵而终于不能得的人写的,如果能得、已得,那就要白天忙于鸣锣开道,夜里安享红袖添香,连写的事也想不到了。蒲公留仙可以出来为这种看法做证,他如果有幸,棘闱连捷,金榜题名,进而连升三级,出入于左右掖门,那就即使还有写《续黄粱》之暇,也没有之心了。所以穷也不是毫无好处,如他,写了《续黄粱》,纵使不能有经济效益(因为其时还没有稿酬制度),总可以有,而且是大的社会效益。再说这位蒲公,坐在聊斋,写《志异》,得梦的助益不少,《凤阳士人》的梦以奇胜,《王桂庵》的梦以巧胜,《画壁》的梦级别更高,同于《牡丹亭》,是既迷离又实在,能使读者慨叹之余还会生或多或少的羡慕之心。

人生如梦派有大影响。专说梦之内,是一般人,即使照样背诵"久矣吾不复梦见周公",相信梦见就可以恢复文、武之治的,几乎没有了。但梦之为梦,终归是事实,怎么回事?常人的对付办法是习以为常,不管它。自然,管,问来由,答,使人人满意,很不容易。还是洋鬼子多事,据我所知,弗洛伊德学派就在这方面费了很多力气,写了不少这方面的文章。以我的孤陋寡闻,也买到过一本书,名《论梦》(On Dream)。书的大意是,人有欲求,白日不能满足,憋着不好受,不得已,开辟这样一个退一步的路,在脑子里如此这般动一番,像是满足了,以求放出去。这种看法也许不免片面,因为梦中所遇,也间或有不适意的,且不管它;如果可以成一家之言,那就不能不引出这样一个结论:梦不只是空,而且是苦,因为起因是求之不得。

这也许竟是事实。但察见渊鱼者不详,为实利,我以为,还是换上另一种眼镜看的好。这另一种眼镜,就是我老伴经

常戴的,姑且信(适意的)以为真,或不管真假,且吟味一番。她经历简单,所谓适意的,不过是与已故的姑姨姐妹等相聚,谈当年的家常。这也好,因为也是有所愿,白日不得,梦中得了,结果当然是一厢欢喜。我不懂以生理为基础的心理学,譬如梦中见姑姨姐妹的欣喜,神经系统自然也会有所动,与白日欣喜的有所动,质和量,究竟有什么不同?如果竟有一些甚至不很少的相似,那我老伴就胜利了,因为她确是有所得。我在这方面也有所得,甚至比她更多,因为我还有个区别对待的理论,是适意的梦,保留享用,不适意的,判定其为空无,可以不怕。

但是可惜,能使自己有所得的梦,我们只能等,不能求。比如渴望见面的是某一位朱颜的,迷离恍惚,却来了某一位白发的,或竟至无梦。补救之道,或敝帚化为千金之道,是移梦之理于白日,即视某适意的现实,尤其想望,为梦,享受其迷离恍惚。这奥秘也是古人早已发现。先说已然的"现实"。青春浪漫,白首无成,回首当年,不能不有幻灭之感,于是就想到过去的适意的某一种现实如梦。如杜牧的"十年一觉扬州梦",周邦彦的"沉思前事,似梦里,泪暗滴",就是这样。其后如张宗子,是明朝遗民,有商女不知之恨,这样的感慨更多,以至集成书,名《陶庵梦忆》和《西湖梦寻》。再说"想望"。这虽然一般不称为梦,却更多。为了避免破坏梦的诗情画意,柴米油盐以至升官发财等与利直接相关的都赶出去。剩下的是什么呢?想借用彭泽令陶公的命名,是有之大好、没有也能活下去的"闲情"。且说这位陶公渊明,归去来兮之后,喝酒不少,躬耕,有时还到东篱下看看南山,也相当忙,可是还有闲情,写《闲情赋》,说"愿在衣而为领,承华首之余芳"等等,这就是在做想望的白日梦。

某些已然的适意的现实,往者已矣,不如多说说想望的白日梦。这最有群众基础,几乎是人人有,时时有,分别只在于量有多少,清晰的程度的深浅。想望,不能不与"实现"拉上关系,为了"必也正名",我们称所想为"梦思",所得为"梦境"。这两者的关系相当奇特,简而明地说,是前者总是非常多而后者总是非常少。原因,省事的说法是,此梦之所以为梦。也可以费点事说明。其一,白日梦可以很小,很渺茫,而且突如其来,如忽而念及"雨打梨花深闭门",禁不住眼泪汪汪,就是这样。但就是眼泪汪汪,一会儿听到钟声还是要去上班或上工,因为吃饭问题究竟比不知在哪里的深闭门,既实际又迫切。这就表示,白日梦虽然多,常常是乍生乍灭,还没接近实现就一笔勾销了。其二,还有更重要的原因,是实现了,如有那么一天或一时,现实之境确是使人心醉,简直可以说是梦境,不幸现实有独揽性,它霸占了经历者的身和心,使他想不到此时的自己已经入梦,于是这宝贵的梦境就虽有如无了。在这种地方,杜老究竟不愧为诗圣,他能够不错过机会,及时抓住这样的梦境,如"夜阑更秉烛,相对如梦寐"所写,所得真是太多了。

在现实中抓住梦境,很难。还有补救之道,是古人早已发明、近时始明其理的苦闷的象征法,即用笔写想望的梦思兼实现的梦境。文学作品,散文、诗,尤其小说、戏剧,常常在耍这样的把戏,希望弄假成真,以期作者和读者都能过入梦之瘾。这是妄想吗?也不然,即如到现代化的今日,不是还不难找到陪着林黛玉落泪的人吗?依影子内阁命名之例,我们可以称这样的梦为"影子梦"。

梦

歌颂的话说得太多了,应该转转身,看看有没有反对派。古今都有。古可以举庄子,他说"古之真人,其寝不梦"。由此推论,有梦就是修养不够。但这说法,恐怕弗洛伊德学派不同意,因为那等于说,世上还有无欲或有而皆得满足因而就不再有求的人。少梦是可能的,如比我年长很多、今已作古的倪表兄,只是关于睡就有两事高不可及,一是能够头向枕而尚未触及的一瞬间入睡,二是常常终夜无梦,可是也没有高到永远无梦。就是庄子也没有高到这程度,因为他曾梦为蝴蝶。但他究竟是哲人,没有因梦而想到诗意的飘飘然,却想到:"不知周之梦为蝴蝶与?蝴蝶之梦为周与?"跑到形而上,去追问实虚了。道不同不相为谋,我们只好不管这些。

今天的反对派务实,说"梦境"常常靠不住,因而也就最好不"梦思"。靠不住包括两种情况:一是"当下",实质未必如想象的那么好;二是"过后",诗情画意可能不久就烟消云散。这大概是真的,我自己也不乏这样的经验。不过话又说回来,水至清则无鱼,至清也是一种梦断。人生,大道多歧,如绿窗灯影,小院疏篱,是"梦"的歧路,人去楼空,葬花焚稿,是"梦断"的歧路,如果还容许选择,就我们常人说,有几个人会甘心走梦断的歧路呢?

梦的杂感

◎鲍昌

一

人人都做过梦。一个人,一生中不知做过多少梦。可梦是怎么回事,为什么那么惝恍迷离?不一定都能说清楚。

原始人肯定也做梦。他们一觉醒来,脑子里留着自己和伙伴们的影像,一定是大感莫解。斯宾塞认为,原始人正是从这里产生了灵魂观念。这说法未免有点绝对。不过原始人把做梦看得很神秘,那是事实。

非但原始人,十七世纪的法国科学家兼哲学家帕斯卡,也对梦迷惑不已。这位先生曾给数学贡献了"帕斯卡定理",给物理学贡献了"帕斯卡定律",但是一提到梦,那就谈开了上帝。可见"梦不迷人人自迷",梦式会捉弄人了。

本世纪初,奥地利的心理学家弗洛伊德,写了一本《梦的解析》的书,想对梦做个"科学解释"。他从精神分析主义理论出发,认为梦是一种被压制的愿望(实际上是性本能冲动)在伪装形式中的满足。用这观点来解释所有的梦,实在荒唐得很。因为人的梦,并不都是杜丽娘式的"惊梦",其中也有"庄周化蝶"、"薛伟化鱼"之类,况且还有大量的"噩梦"、"恶梦"、

"妖梦"。怎能都是"泛性欲主义"(Pansexualism)的产物呢？尽管弗洛伊德发明了好几种"情结"(Complex)，用来曲为成说，最后却只能留下一个话柄：信口胡云。

然而，弗洛伊德主义迄今还在西方走红。不仅在心理学、哲学上，而且在文艺上也开了分店。弗洛伊德公开说，艺术家是介乎精神病患者和梦幻者中间的人。所以用驴子尾巴、猩猩脚掌"画"成的"画"，用一团乱铁丝制成的"雕像"，就变成了时髦艺术。

此种怪事，我以为不难理解。在一个堕落的社会里，没有指望的人们，只好来痴人说梦。

二

其实，咱们的老祖宗对梦是别有解释的。"梦"这个字，原来是个错别字。在《说文》里，梦的本字是寱，云："寐而有觉也"，意思是在睡眠中看到了某些事物。这是单从现象上来做解释的，颇是稳妥。

后来又出现了一本叫《广雅》的字书，则解释说："寱，想也。"比《说文》进了一步。不过这"想"字很是含糊。思想乎？感想乎？想念乎？想象乎？……未说一定。还是查《说文》吧！"想，冀思也。"原来是指某种希冀的愿望。

这种解释不无一点道理。我小时做过一个梦，总是找厕所，总也找不着，哇的一声大哭，醒了，原来是被尿憋醒的。还有人在口渴时梦见水，在饥饿时梦见食物，就像西方的谚语说的："鹅梦见什么？梦见了玉蜀黍。"这都是"梦，想也"的佐证。至少有一部分梦，是可以这样来解释的。

从那以后我们有了个新词：梦想。同"理想"比，"梦想"似乎略带贬义。盖梦中的想象自由驰骋，无所羁縻，往往超过了现实的可能。所以古时有"南柯梦"、"黄粱梦"的故事。这些梦都热闹非凡，朱轮华毂，锦衣玉食，醒来之后呢，却是一场虚空。

看起来，梦想亦就是空想，不可靠的。

三

尽管梦不可靠，古人却对它十分迷信，以为梦中所见，不是天启，就是神示，再不就是鬼魂的托兆，是可以借之来预卜休咎的。于是从很早时候起，就有了"占梦"的习俗。

我研究过《诗经》，发现至少在西周时代就有人在"占梦"。《诗经》里的《正月》一诗说："召彼故老，讯之占梦。"还有《斯干》一诗说"大人占之"，郑康成注释说："谓以圣人占梦之法占之。"可见先秦时代，占梦的习俗是很流行的。有一次，齐国的大夫晏婴，梦见同二日争斗而不胜，吓慌了。别看他足智多谋，曾经"二桃杀三士"，这时也不得不把占梦者请来，卜一卜吉凶。假如咱们认为《周礼》一书还有点真实性的话，那在先秦是专门设置有"大卜"的官职，负责给国君来占梦的。我估计他的权力不小，因为他能凭着三寸不烂之舌，参与国家的决策。

同样情况，也见于外国。古希腊的亚历山大大帝，何等英雄！他创立了从意大利直到喜马拉雅山麓的大帝国。但在他军帐之内，总带着一名占梦师。攻打太罗斯（Tyrus）之战，正是依了占梦师的主意，转败为胜的。像这种故事，在古代的史书中能找到许多。

"占梦"完全是一种迷信,它没有也不可能有任何科学根据。偶尔说对了,那是瞎猫碰到死耗子,歪打正着。绝大多数的情况,是驴唇不对马嘴。旧社会里,有一种"圆光"的人,专门给人占梦。如果主家丢了东西,或者儿子发了痧,找到他,他就凭主家做过的梦,胡乱占卜一番。至于失物能否找到,儿子能否药到病除,那就天晓得了。

由此可见,梦的迷信和梦的本身一样是场虚空。占梦者的愿望,实际上是虚空的梦想。我们如要解决疑难,改善处境,为自己挣个美好的将来,只能从实际出发,依据社会发展规律,拟订出个切实可行的蓝图,那叫理想,可不叫梦想。

四

现在,有些年轻人不爱谈理想,爱给自己编织许多梦想。一旦梦想不能实现,就怨嗟起来:"唉,我的梦想破灭了!"这种情绪,在少数文学作品(它们大多也是年轻人写的)中间,也有所表露。惆怅于晚霞的"消失"啦,感慨于心灵的"污染"啦,还有一篇题为《醉入花丛》的小说,竟弹出这样的调子:"没有理想,没有志向,没有生活的乐趣,没有广泛的爱好,一切都空了。"

情绪是这样低沉,简直让人不寒而栗。

我认为,仅仅从不谈理想只谈梦幻这一点上看,梦想者碰壁就是难免的。因为他们的梦想一是不切实际,二是完全从个人目的出发,有如甩开群众,想要悬空独舞,这怎能不跌跤子呢?

十年动乱之后,各方面都留有后遗症。这是我们谁都应当正视的现实。假如不正视这个现实,单纯在个人的黄粱梦里讨生活,那只能是一连串的失望。因为我们是社会主义国家,社会与个人的关系是摆定了的,那就是"一人为大家,大家为一人"。每个人必须各尽所能,先对大家做出贡献,然后按劳分配,个人再领取应有的报酬。这就是我们的社会主义真理。

因此,社会的理想在先,个人的梦想在后。一个伟大的社会理想实现了,每个人、每个家庭可以安心地做一个好梦。反之,不求国家之繁荣,单图个人之富贵,我不知道他的枕头要往何处安放了。

总是在怨嗟梦幻破灭的人,什么时候醒来啊?

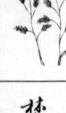

梦中说梦

◎柯灵

上海文艺出版社编了一部《八十年代散文精选》，嘱在卷首缀以片言。我近年来很想痛下决心，摈绝别人命题作文，包括代人写序。因为我自知不擅此道，写时也很窘苦。可惜我意志薄弱，进退揖让的结果，还是同意勉为其难。拖了许久，编者很委婉地来信催促。我花了三天时间，把近五百页的清样读完了，很高兴有机会读到那么多好文章。但临到动笔，却又十分踌躇，觉得难于措手。

不知怎么，忽然想到了梦。记得人民日报出版社的"百家丛书"里，有一本巴金同志的《十年一梦》，是《随想录》的选本；不久前在报上读到一篇文章，题目也是《十年一梦》。不过前者指的是"文革"十年，是旧梦；后者指的是改革开放的十年，是新梦。沿袭我们的习惯用语，前者意在"暴露"，后者意在"歌颂"。《八十年代散文精选》是八十年代的作品，属于后十年范围，但千丝万缕牵连着前十年，乃至几十年，新梦套旧梦，旧梦套新梦，欲说还休，欲休还说，剪不断，理还乱。

梦与觉、醉与醒、幻与真、虚与实、显与隐、形与迹、光与影、暗与明，都是生活里一事的两面，互相依存，而泾渭自分。第一个把水搅浑的是庄周："昔者庄周梦为蝴蝶，栩栩然蝴蝶也；……俄然觉，则蘧蘧然周也。不知周之梦为蝴蝶欤？蝴蝶之梦为周欤?"人即蝴蝶,蝴蝶即人,后人就渐渐地把梦与人生混为一谈,什么"浮生若梦"、"一场大梦"、"事如春梦了无痕"、"百岁光阴一梦蝶",一发而不可收。

梦与文学确有一脉相通之处,文人大抵爱做梦,创作本身就带有梦的意味。唐诗宋词,"梦"字几乎被用滥;历代小说笔记名作,梦话连篇,以梦为书名的也不少;汤显祖以"玉茗堂四梦"著名,说明梦富于戏剧性。"礼拜六派"有一位小说家,干脆以"海上说梦人"为笔名;张恨水写过《八十一梦》;五四新文学运动初期,刘大白的第一本白话诗集,命名《旧梦》。但到了三十年代,形势一变,梦开始遭忌讳,梦与现实,俨如唯物唯心的天堑,壁垒森严,不让越雷池寸步。何其芳以《画梦录》名噪一时,害得他后来自怨自艾,忙不迭自我检讨。施蛰存因为推荐文学青年读梦化蝴蝶的《庄子》,受到鲁迅的批评,退却时又拿庄周"彼亦一是非,此亦一似非"的话打掩护,落得倒霉几十年才翻身。鲁迅是值得尊敬的,因为他毕竟刚正,严分是非爱憎,绝不肯含糊半点。但他老人家在天之灵,看够了这几十年间的是是非非、唯唯否否、亦是亦非、亦非亦是、忽唯忽否、忽否忽唯、颠来倒去、倒去颠来,不知有何感想?或许也不免喟叹前尘如梦,以自己的过分认真峻切为憾吧?

据说至人无梦,而芸芸众生,终不免为梦所苦。梦是相思的止渴剂,痛苦的遁逃薮,希望的回音壁,补天的五彩石。可惜良宵苦短,好梦难圆;春梦无凭,噩梦却常常变成事实。梦中得意,醒后成空,南柯梦和黄粱梦是世人熟知的故事。被失望折磨过久,难得碰巧有点好事,反而会疑心自己在做梦,不相信是真的。我做过无数的梦,早如游丝飞絮,了无影踪,只有一梦特别,没世难忘。"文革"初期,我就被投入监狱,侘傺悒郁,经常乱梦颠倒。有一次梦见和熟朋友欢聚,自在逍遥,快若平生。我忽然明白身在梦里,惊呼:"这是一场白日梦!"此情此景,真是太悲哀了!

梦有长短,生理学的梦很短,心理学的梦却很长。美国科学家发现人做梦时眼球会快速跳动,根据这种生理现象选了一大批人做实验,测定最长的梦历时两小时又二十三分钟。心理学的梦却动辄十年几十年。"文革"茫茫十年,人心望治,如大旱之望云霓,但当时有一种权威的预言,却还说以后每隔七年八年就要来一次,不禁使人想到《西游记》里的唐僧,九九八十一难,一忽儿盘丝洞,一忽儿火焰山,不知何年才到得西天?美国作家欧文有一篇小说,描写有个乡下人入山打猎,倦极而眠,一觉醒来,已经过了二十年,回到村子里,满眼陌生人,世界大变。中国也有类似的传说:晋代有个樵夫上山打柴,遇到两个童子下棋,放了斧头作壁上观。一局未终,发现斧头生锈,木柄已经烂掉,回家后山川依旧,人事全非。原来那两个童子是神仙,樵夫只睁着眼做了个短梦,"山中方七日,世上已千年。"世事也正如弈棋,如果能在不知不觉无思无虑中瞬息嬗变,像电影里的叠化镜头,人间真有这样的梦,倒也痛快,省了许多苦熬穷捱,痴心妄想。

中国传统奉散文为正宗,如果把《论语》、《孟子》、《道德经》、《南华经》都算上,直到《梦溪笔谈》、《陶庵梦忆》、《阅微草堂笔记》这类作品,真是浩浩如长江大河,注之不盈,汲之不竭。但七十年来却有个绝大的变化:政治风云一紧,散文的河道就淤塞,如响斯应,历历不爽。"文革"十年,散文河底朝天,土地龟裂,一睡沉沉,成为不毛之地。进入改革开放的十年,才如梦初醒:一夜江边春水生,洪波细浪,激荡推涌,洋洋洒洒,映照出这时代生意盎然的一面。这散文百家群贤毕至、少长咸集的聚会,就是很好的印证。莎士比亚的喜剧《仲夏夜之梦》,写神仙无心出错,闹了一回恶作剧,在雅典城外的树林里,把两对情人耍弄得神魂颠倒,爱恶错乱,啼笑皆非,最后有情人终成眷属,皆大欢喜。我们也演了一出《仲夏夜之梦》,没有莎士比亚式的浪漫,却十分惊心动魄,标志着一个时代的结束,另一个时代的开始。散文前景如何?大概神仙知道。

五代是长短句发荣绚烂的时代,南唐这个小朝廷里,就不乏词坛高手。有一次李璟和冯延巳君臣谈词,冯延巳很赞赏李璟的名句"细雨梦回鸡塞远,小楼吹彻玉笙寒",李璟却引冯词《谒金门》中的隽语,笑问:"吹皱一池春水,干卿底事?"

散文枯荣,干人底事?梦中说梦,聊以应命:是为序。

1989年8月26日

话说做梦

◎何为

　　一个人一生做了多少梦,多少好梦和噩梦,这是谁也无法回答的。梦醒后,了无痕迹。有时梦中情景清晰如绘,过后却又很快淡忘,再也想不起来。鸳梦难以重温,旧梦只属于过去,噩梦吓出一身冷汗,"好梦成真"只是一句时尚的祝福语。

　　年轻时的梦中天地色彩缤纷,浓淡不一,大抵充满欢乐与渴求,破碎的青春的梦也是美丽的。梦并不是现实,却是现实在梦中的折射和反映,且因人而异,例如商人的发财梦,学生的考试梦,文人艺人的得奖梦等等。在市场机制下,不同行当的人,梦境总是集中在货币上。"日有所思,夜有所梦",这句老话经常得到验证。但梦中的爱情、亲情和友情,却又常常扭曲变样,或重叠交错,或支离破碎,或一片乱麻。"梦魇"、"梦话"往往由此而来,原来是自己的手压在胸口上。

　　年届八十,生平做梦无数,美梦与噩梦兼而有之,当然以噩梦居多,这和个人的遭际和动荡的时代有关。我神经衰弱,夜寐不宁,每夜总是处在深深浅浅的梦境中,几乎很少有不做梦的夜晚。有"详梦"之说,说梦境是某种吉兆或凶兆的象征,说得神秘莫测,反而更不可解。

　　"文革"的梦荒诞离奇而恐怖。一个覆盖全中国的大噩梦中,套着千千万万个小噩梦。多年前,写过一篇关于梦游症的短文，记述那年下放在荒僻的小山村，寄居的土屋有几道高可及膝的门槛。一夜，我在夜半睡梦中木然起床，摸索着跨过一道一道门槛，似乎有跨不完的门槛，一心想走向空阔的户外。内人急问："你到哪里去？"这是梦游症。做梦的人往往攀登屋顶，徘徊在悬崖峭壁下，乃至在险峻的河滩旁踯躅，让看到的人惊骇不已，而本人则漠然不知。这是一种经受沉重压抑的下意识行为。想摆脱，想闪避，想逃遁，皆不可得，于是企图在梦中寻求解脱。那时我幽居在黑暗的土屋里，而我是多么向往海阔天空绚丽多彩的外面的世界。

　　人总是要做梦的。有云"至人无梦"，据《辞源》解释，"至人"是"古代用以指思想道德等某方面达到最高境界的人"。"最高境界"的"至人"在哪里？无梦的"至人"真的无梦否？姑且存疑。

2001年2月下旬

梦时

◎简媜

一 梦，一朵伞形花序

把梦片记录下来，那是生命的奥义书。

每一次睡眠都是未知。梦的帷幕布满空中，梦的密码似恒河之沙。才熟诵"April is the cruellest month breeding lilacs out of the dead land …"梦中已游历艾略特的荒原。白日多看天堂鸟几眼，梦里闪烁橙色的剑。

所以，碎花桌巾上一只蚂蚁散步，变成莽莽大漠中，一个独行者在找人。

二 在梦土上挽舟

梦土上颠倒空间，人会飞，海鸥绝种。突然我所站立的寸土之外流动起来，但不是水。一叶灰色舟坐着昔日好友，船头站着一名黑衣人，无桨，船缓缓地走。我在白昼，舟里仿佛黑夜。

才喊，梦醒，原来那声音是窗外的文鸟在啼。

三　梦中,有人唤我的名字

隔着窗棂,偷听邻村的两位妇人谈话,一位已死的。

有人叫我,但不是现世的名字,我回头,一名陌生男子,自称是我未来之夫。他的衣襟绣着一排字,第一个字是"白",第二个字提手旁,其余的有关星宿。

梦的语言无法翻译,我不知道他现世或未来的名字。

四　梦的警句

梦中为一行诗狂喜,醒来发现了无意义。

梦见到处是蛇,灰、白、杂色、蜷缩、行走,死的死、活的活。数日后在电影见到这一幕。

梦见挽歌,不久,有人奔丧。

梦见久未谋面的人车子坏了,三个月后,他车祸。

梦见自己齿碎尽落,醒来想写一篇关于"死亡"的寓言。

梦是现实的预测,或现实被梦牵着走?

五　梦有翅

甚至清醒,梦的兽足伺机而动。起身沏一杯新茶,误触梦的虎翼。仿佛异域,那人独坐于二楼书房,阳光敲打着窗。蓝色的车驰驱于无人公路,左傍山岩右临海崖。一栋石砌的老楼爬满薜荔草。(两年前听过 Jacaranda,今日那人捎来紫色桐拟花)不敢求证,怕被问:"还见到什么?"

不记得吮水,但茶已半干。

六　去过不曾去之地

莫名地对初相逢的人说:我们见过吗?总在异乡街头苦思:来过吗?或在南下的特快车厢,瞥见一件红衣在稻田凹处招摇。这景象熟悉,但不可理喻。生命的海底一定有玫瑰园,不时以飘浮的花瓣挑衅。

梦,只留下凌乱的情节或仅是一种感觉,梦是三度空间。多年前的梦境今日才读懂,今日的恐惧将在未来实现。

七　梦的申请

若有人无法区隔梦与现实是两个国,恐怕无法立足现世,亦将被梦驱逐。

怀着忧伤入睡,梦中有刮骨疗毒的秘方;过量的快乐似乎不受梦的欢迎,往往涕泣汗流而醒。前者被梦收留,后者警惕。

有时,梦见自己在做梦,醒后半惊喜半疼痛。耐着性子把此世过完吧!反正已是梦国的居民。

梦呓集

◎周蜜蜜

一

我的心坎,如一片宽阔无垠的大草坪,当夜幕低垂的时候,心扉一下子敞开了。敞开了,梦幻振动着五彩的羽翼,翩翩飞舞而来。

来吧,来吧,可爱的梦幻之仙!你给我以启示;给我以尝试;给我以悲愁;给我以欢娱;给我以回忆;给我以先知;给我以温馨;给我以兴奋;给我以热力,我将毫无保留地欢迎你,并且愿意——录下你闪光的轨迹。

二

梦与真是一对孪生的兄弟,他们在同一条生命线上起跑。真老老实实,一步一个脚印地走着他应该完成的历程。梦却爱开玩笑,活泼好动,时而落在真的背后,时而抢在真的前头,更有甚者,同真抢道,作弄人也。

三

此生此世,梦与我结下了不解之缘。

白天的时候,你看不见么?他就在我的瞳仁中躲藏。
夜晚的时候,你听不见么?他就在我的脑际中回旋。
请相信吧,梦与我是长相厮守的伴侣。

四

时间是无情的,他会把我们身边发生的事情、朝夕相处的亲友一掠带走。

梦却恰恰相反,他能时时有意地把这一切留住,并统统带回我们的心里。

五

"处世若大梦",这是古人晓以我们的人生真谛。
因而,可以想见,对于愚人来说,生活是游戏。
对于智者来说,生活是梦境。

六

美梦和噩梦,常常会轮番向我们探访。
成功与失败,亦不断地交替来到我们身上,既然如此,又有何足惜,又有何足惧呢?即使是多来千次、万次也无妨!

七

我对真的尊重就如对梦一样,不分彼此。我将永不对真说:"但愿这是梦。"

同样,也永不对梦说:"最好这是真的。"

八

我在花丛间,梦如变幻多彩的魔蝶,飞扑而来。

啊！不知道,到底是它着意追寻我,还是我有心等待它?

九

只要我的生命不息,思丝不断,梦幻之锦就编织不完——织进我的笑,织进我的泪,有朝一日,将会铺盖于我的灵魂之上。

十

我有过这样一个梦:

造一只天大的篮子,把世上所有人的梦都采摘进去,创出另一个宇宙,那将全是梦的天地,再奉献给世人们。

梦的语言

◎韩东

象征是一种魔术吗？如果是一种魔术那它就是一种技艺，是我们称之为诗歌技巧的那类东西。

我们一向这么认为：象征是事物的一种隐蔽的说法，在普遍爱好曲折和朦胧的今天尤其如此。曲折被理解成复杂，朦胧被理解成模糊，只要你既复杂又模糊就有了象征的效果。一切都来得这么容易，简直让人不敢相信。

我喜欢象征，但复杂和模糊与我的天性不合。怎么办呢？我只有废除象征作为技巧的运用。

有人喜欢把象征的图景和梦境做比较，我很赞同。梦境所呈现的画面正是既简单又清晰的。和现实相比，它舍弃了很多。但梦幻的逻辑不同于现实的逻辑，处于这种逻辑中我们便有了某种独特的感受。

梦是对象征最好的说明，它不承认现实的逻辑却另有逻辑。这方面，弗洛伊德说了很多，我就不啰唆了。

我想说的是梦的美学效果，它的清晰度。梦不像人们认为的那样暗淡无光、没有色彩，恰恰相反，它的色彩、光线往往令人眩目。这本身就包含了那种非逻辑的性质。在没有人能更好地再现弗洛伊德的思想之前，达利的画不失为一种再现，它的清晰度和非逻辑的确产生了梦境般的效果。达利的问题在于他如此逻辑地描绘梦境,他是一个梦的复制者而不是做梦的人。

象征同样也不是对梦的复制,它是一种在梦境中运用语言的方法。人在清醒的时候可以胡言乱语,而在梦境中一切胡言乱语都有了目的。只不过这个目的不处于现实和逻辑的表层,所以不易被我们理解。

在我们意识的深层,一些不相干的事物总是联系在一起的。这恐怕就是象征的根据(也是做梦的根据)。在梦境中画面是没有意义的,除非用梦的逻辑(对现实而言是非逻辑)加以说明。梦的意义是组成事物的序列,这个序列在象征中就是语言,是由语言构成的梦的序列。这样,我们就有了另一种逻辑的语言,这就是象征。所以象征也就是用梦的逻辑寻求语言的方法。象征是梦的逻辑的语言表现,而梦的逻辑一开始就包含了这种不一般的语言,即象征的语言。这里没有实际的事物,或者说实际的事物是没有意义的。

象征和梦的关系不是用语言描绘梦,而是用梦的语言去组织事物。象征只对梦的语言或梦的逻辑感兴趣,而对梦没有兴趣。

我以为梦的清晰度就是一种典型的梦的语言。一切过于清晰了,随即丧失了现实感,如同梦境一般。而达利的失误在于:他仅仅描绘了梦的清晰度,但他的描绘并不清晰。

我从梦那里学习到的清晰度表现在我的语言上。我既不把象征作为障眼法,也不把它作为梦的描绘,但我的确试图用梦的语言进行写作。如果说现实的语言是功利性的语言,那么梦的语言则仅仅满足于梦的构成。这个目的与艺术的目的更为接近,所以学习梦的语言是很多诗人选择的必然结果。

1989 年

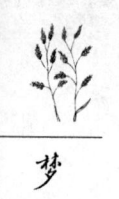

大梦谁先觉

◎伍立杨

一

烂柯山久享盛名,在今衢州市附近。那里有后人增补的石刻对子:"入山道道通奇观,进洞人人似神仙。"较之烂柯山那深沉的典故,这对联浅俗得小儿科了。

烂柯山之所以有名气,缘于晋人王质上山伐木,遇仙观棋忘返,而斧柯烂掉的故事。

因为那古远的故事,烂柯山是一座令人感伤的山。

南北朝时期任昉的《述异记》里面说:"晋王质入山采樵,见二童子对弈。童子与质一物,如枣核,食之不饥。局终,童子指示曰:汝柯烂矣。质归乡里,已及百岁。"

这一段故事很有意思,妙处在亦玄远,亦温馨,亦感叹深沉。以今天科学的观点来分析,好像站不住脚,但在事实上或心理方面却具有相当的存在价值,并非毫无根据的呓语。

这个故事中的主人公王质,在山上只看了一局对弈,而柴斧上的结实木柄就已腐朽断烂,回到家里,百来岁了。这种情形在我国古代大量的神话故事中,本不算稀奇。但其共同强调的,却都是所谓"山中方七日,世上已千年"这样强大的时间冲击波。

朱熹有感于此,有诗叹道:

> 局上闲争战,人间任是非。
> 空叫禾樵客,烂柯不知归。

孟郊《烂柯石》感慨似乎更为深郁:

> 仙界一日内,人间千岁穷。
> 双棋未遍局,万物皆为空。
> 樵客返归路,斧柯烂从风。
> 唯余石桥在,犹自凌丹虹。

记载此事的另一版本,是郦道元的《水经注》。他说:"信安有悬室坂,晋中朝时,有民王质伐木至石室中,见童子四人弹琴而歌,质因倚柯听之……童子云:'汝来已久,可还。'质取斧,柯已烂尽,便归家……计已数百年。"

与此异曲同工的,乃美国前期浪漫主义作家华盛顿·欧文的不朽杰作。他的传奇小说《李泊大梦》是以纽约的哈得逊河谷做背景,凸显了新大陆的传奇色彩和浪漫气息。《李泊大梦》中写一个农民李·普凡·温克尔上山打猎,遇见一群玩九柱戏的人,温克尔喝了他们的酒,沉睡了二十年,醒来下山,见城市、村庄面目全非。李泊对世界已发生的巨变茫无所知,时间在这里制约人的一切行为。

绝妙和深刻之处在于,他一夜醒来之后,世上已经是二十年之后了。物是人非的强烈感觉,乃在于山水依然,村路如故,但是那间村中旅馆的匾额,已从英王乔治三世像,变成了"大将华盛顿"。早年坐在这里的村民始终是倦容满面、无所事事的样子,现在则气概昂然,言论锋利,所谈论的都是自由、

议会、选举、民主、民权等他这个"隔世之人"一无所知的概念。懵懂之间,他不知道这世界是否被妖术改变过,或有另一种沧桑?作者的高明之处在于,他把变化的契机安排为专制与民权时代的交替、划时代的分水岭标志,特别醒目。

这种一睡多少年,醒来则"城郭人民半已非"的情形,属于童话学里的"仙乡淹留型",旧时儿童的描红格有五言诗:"王子去求仙,丹成十九天。洞中方七日,世上已千年!"也是这一类的故事。但是《李泊大梦》还有人生哲学之外更为超越的地方,因为它深藏着对制度的选择理念。当二十年过去,他回到小村庄的时候,问及一朋友,则云死矣,坟上木已拱矣。又一朋友,则在独立战争中有战功,已为将军,入议院为议员了。世局变幻如是,孤单无依的畸零之感,一下子涌上了老人的心头。慢慢地,他稍微适应了这样的隔世的生活,头脑略为转变过来。最为庆幸的是,他那凶悍的妻子归西多年,当人们也理解他的传奇故事时,那些家有悍妻的人,也都愿意饮其酒,做其梦,盼望重温其经历,目的就是逃避闺房的专制。所以在小说开头,作者大写其家庭的躁动,妻子的詈骂阴损难以通融,不为无意,盖其为美国独立过程之一种象征耳。

二

普通人打一个盹,有的只有几分钟,喜欢感叹人生如梦为欢几何的李白,他的《春日醉起言志》则以一生为梦寐的单位:

处世若大梦,胡为劳其生。
所以终日醉,颓然卧前楹。
觉来盼庭前,一鸟花间鸣。

借问此何时,春风语流莺。
感之欲叹息,对酒还自倾。
浩歌待明月,曲尽已忘情。

这与时间空间的关系可谓一体化,密不可分。近有英国科学家提出另一种理解时空的理论,其意思是,光阴流逝是人类最基本的体验,人们的生活建立在不可更改的过去,和具有种种可能性的未来之间,倘非如此,则无法理解生活的本质,以及在过去和未来之间端坐的神秘莫测的现在。(参见《参考消息》2003/11/3)

但根据爱因斯坦的广义相对论,时间和空间本是不可分割的块,在时空中,过去、现在和未来同时存在,因其乃一种凝固的结构,不会发生变化,在这个结构中,没有所谓时间的流逝,也没有现在的位置。

不过近日英国科学家就对此表示异议,以为重新理解,可使时间流动起来,这就是因果系理论,因在广义相对论中,时空呈四维结构。然而,今日的科学家认为,一切物体都有一个最大的运动速度,此速度的限制,意味着我们可以不从四维结构而可从事情发生的顺序上思考时空。光速的不可超越性为时空提供了一个顺序,因此就点与点之间的因果关系而言,几乎可以重组关于时空的一切,而确认时间的流动性乃是重大的审美进步和概念进步。

如此一来,根据时空不可分的原理,以及时间的流动性,可猜测李泊、王质所处地方(点),其空间结构有异于地球常规,即非四维,而是多维。

问题是时间往往与人生的社会性血肉相连,密切到不可须臾分离的地步。于是时间的感叹才如此沉重。巴金的弟弟回忆他们共同的三哥李尧林,说年轻时候在上海,生活孤寂像《家》里面的觉慧。在那个腐朽的世纪,读书苟活,为良心为民族,做一个隐士。但他没有可爱的琴表妹——是小说里制造出来的,她代表青年知识分子的一点理想,一点幻觉。物质生活减到了零,身躯瘦弱不堪。不是什么英雄人物,他卑微得很,在这样的境况中耗费了全部的生命之力,寂寞悄然地死去,墓碑上刻着:"永别了,我的心在这里找到了永恒的家。"那是从他喜欢的俄罗斯小说中摘取的。谁知道在十年浩劫中,就连坟墓也荡然无存。

在乱世里,是如此短暂苦恼的人生。李健吾对此大有感慨,他说:"去了也好,对于清贫自守的君子,尘世真的是太重了些,太浊了些,太窒息了些。百无一用是书生。"

三

"人生如梦耳。人生果如梦乎?抑或蒙叟之寓言乎,吾不能知。趋而质诸蜉蝣子,蜉蝣子不能决。趋而质诸灵椿子,灵椿子亦不能决……"这是《老残游记》作者的感慨。

梦寐的人的醒着的痛苦。若翁同龢在碧云寺看花,听松声萧然,默坐良久,寺院东面玉兰树花事正盛,他不禁咏道"突兀看花发,苍凉奈老何",想旧事前尘,观山河风景,一种人生蹉跎的感觉涌上心来。大梦谁先觉,这是心灵胶着的最为严重的状态,也只有从咨嗟到沉默了。他的朋友张雨生是海宁知州,他的性格坦荡温和,翁同龢说他"于俗百无适"。他的《触目》说是"升高试腰脚,已觉逐年非"。另一首病中口占,"六十年中事,伤心到盖棺。"前者是时间的制约,后者是生老病死的威胁，但即便是赏心乐事，也同样生发困惑，一种梦寐中的梦寐的感觉，乐与忧的两极都向此认知靠拢。

脂砚斋是怎样认识《红楼梦》的？脂砚斋在"瞬息间则又乐极生悲，人非物换，究竟是到头一梦，万境皆空"四句旁写了一侧批"四句乃一部之总纲"。空与梦，所在无不是梦，一并风月鉴也从梦中所有，故谓红楼梦也。贾宝玉的心和社会俗世脱节了，所以他的孤独就只能弹奏出一曲人生如梦的哀歌。

人生如梦，早生华发，江山人物的推移，油然而生人生短暂与万事皆休的悲凉感慨。这种自嘲自解的旷达情绪，推己及人，恐怕也是人类对时间反映的一种普遍心理普世价值吧。或者是譬如朝露，去日苦多；或者是但愿人长久，千里共婵娟；或者是滚滚长江东逝水，浪花淘尽英雄，是非成败转头空，青山依旧在，几度夕阳红；或者是黍离之悲的家国残破之痛；或者追慕前时的即历史上的英雄美人，老之将至而壮志难酬的深沉苦闷；或者在乾坤（空间）相形之下在年岁（时间）的爬剔掌控之下的渺小与惭愧；或者生逢末世，命薄运厄，现实总让抱负成虚，用世也好，遁世也罢，不免自伤老大沉沦。"莺啼如有泪，为湿最高花"（李商隐《天涯》），伤春残日暮，伤感中带着时代黯淡没落的投影。这样的深沉感叹，不仅笼罩个人际遇和故事，而且笼罩古今多少事，笼罩千年历史。不知我者，谓我何求，而知我者，自然就要谓我心忧了！

大诗人李白，他的大量的诗都是人生得意须尽欢之类的酒歌，很显然的，他的片刻的欢娱无非是悲观和失望的另一种形式。在他的酒歌中渗透着人生如梦的低沉悲凉的调子，虽然"公瑾当年"、"一时多少豪杰"，不免"逝者如斯"；或者"可怜无定河边骨，犹是春闺梦里人"。苏轼说，孟德"固一世之雄也",但"而今安在哉"？人生如梦。前人的思索以哲学反问方式出来谢幕,感时光蹉逝,岁月无情,叹转眼千秋已易。

　　生命如寄,良辰美景,稍纵即逝,风流总被雨打风吹去,"弃我去者,昨日之日不可留",这是人类普遍的悲哀。

　　刘备三顾草庐时孔明午睡后的吟诵:"大梦谁先觉,平生我自知,草堂春睡足,窗外日迟迟。"梦是日常生活的反映,他的人生哲学思考是在梦中完成的,人生数十寒暑,和宇宙的存在对比,眨眼一瞬耳。人生如梦,梦似人生,声犹在耳,事实上又是另一个千年!

颓败线的颤动

◎鲁迅

我梦见自己在做梦。自身不知所在,眼前却有一间在深夜中紧闭的小屋的内部,但也看见屋上瓦松的茂密的森林。

板桌上的灯罩是新拭的,照得屋子里分外明亮。在光明中,在破榻上,在初不相识的披毛的强悍的肉块底下,有瘦弱渺小的身躯,为饥饿,苦痛,惊异,羞辱,欢欣而颤动。弛缓,然而尚且丰腴的皮肤光润了;青白的两颊泛出轻红,如铅上涂了胭脂水。

灯火也因惊惧而缩小了,东方已经发白。

然而空中还弥漫地摇动着饥饿,苦痛,惊异,羞辱,欢欣的波涛……

"妈!"约略两岁的女孩被门的开合声惊醒,在草席围着的屋角的地上叫起来了。

"还早哩,再睡一会罢!"她惊惶地说。

"妈!我饿,肚子痛。我们今天能有什么吃的?"

"我们今天有吃的了。等一会有卖烧饼的来,妈就买给你。"她欣慰地更加紧捏着掌中的小银片,低微的声音悲凉地发抖,走近屋角去一看她的女儿,移开草席,抱起来放在破榻上。

"还早哩,再睡一会罢。"她说着,同时抬起眼睛,无可告诉地一看破旧的屋顶以上的天空。

空中突然另起了一个很大的波涛,和先前的相撞击,回旋而成旋涡,将一切并我尽行淹没,口鼻都不能呼吸。

我呻吟着醒来,窗外满是如银的月色,离天明还很辽远似的。

我自身不知所在,眼前却有一间在深夜中紧闭的小屋的内部,我自己知道是在续着残梦。可是梦的年代隔了许多年了。屋的内外已经这样整齐;里面是青年的夫妻,一群小孩子,都怨恨鄙夷地对着一个垂老的女人。

"我们没有脸见人,就只因为你,"男人气愤地说,"你还以为养大了她,其实正是害苦了她,倒不如小时候饿死的好!"

"使我委屈一世的就是你!"女的说。

"还要带累了我!"男的说。

"还要带累他们哩!"女的说,指着孩子们。

最小的一个正玩着一片干芦叶,这时便向空中一挥,仿佛一柄钢刀,大声说道:

"杀!"

那垂老的女人口角正在痉挛,登时一怔,接着便都平静,不多时候,她冷静地,骨立的石像似的站起来了。她开开板门,迈步在深夜中走出,遗弃了背后一切的冷骂和毒笑。

她在深夜中尽走,一直走到无边的荒野;四面都是荒野,头上只有高天,并无一个虫鸟飞过。她赤身露体地,石像似的站在荒野的中央,于一刹那间照见过往的一切:饥饿,苦痛,惊异,羞辱,欢欣,于是发抖;害苦,委屈,带累,于是痉挛;杀,于是平静……又于一刹那间将一切并合:眷念与决绝,爱抚与复仇，养育与歼除，祝福与咒诅……她于是举两手尽量向天，口唇间漏出人与兽的，非人间所有，所以无词的言语。

当她说出无词的言语时，她那伟大如石像，然而已经荒废的颓败的身躯的全面都颤动了。这颤动点点如鱼鳞，每一鳞都起伏如沸水在烈火上；空中也即刻一同震颤，仿佛暴风雨中的荒海的波涛。

她于是抬起眼睛向着天空，并无词的言语也沉默尽绝，唯有颤动，辐射若太阳光，使空中的波涛立刻回旋，如遭飓风，汹涌奔腾于无边的荒野。

我梦魇了，自己却知道是因为将手搁在胸脯上了的缘故；我梦中还用尽平生之力，要将这十分沉重的手移开。

1925年6月29日

严霜下的梦

◎茅盾

七八岁以至十一二,大概是最会做梦最多梦的时代罢?梦中得了久慕而不得的玩具;梦中居然离开了大人们的注意的眼光,畅畅快快地弄水弄火;梦中到了民间传说里的神仙之居,满攫了好玩的好吃的。当母亲铺好了温暖的被窝,我们孩子勇敢地钻进了以后,嗅着那股奇特的旧绸的气味,刚合上了眼皮,一些红的、绿的、紫的、橙黄的、金碧的、银灰的,圆体和三角体,各自不歇地在颤动,在扩大,在收小,在漂浮的,便争先恐后地挤进我们孩子的闭合的眼睑;这大概就是梦的接引使者罢?从这些活动的虹桥,我们孩子便进了梦境;于是便真实地享受了梦国的自由的乐趣。

大人们可就不能这么常有便宜的梦了。在大人们,夜是白天勤劳后的休息;当四肢发酸,神经麻木,软倒在枕头上以后,总是无端地便失了知觉,直到七八小时以后,苏生的精力再机械地唤醒他,方才揉了揉睡眼,再奔赴生活的前程。大人们是没有梦的!即使有了梦,那也不过是白天忧劳苦闷的利息,徒增醒后的惊悸,像一篇好的悲剧,夸大地描出了悲哀的组织,使你更能意识到而已。即使有了可乐意的好梦,那又还不是睡谷的恶意的孩子们来嘲笑你的现实生活里的失意?来给你一个强烈的对比,使你更能意识到生活的愁苦？

能够真心地如实地享乐梦中的快活的,恐怕只有七八岁以至十一二的孩子罢？在大人们,谁也没有这等廉价的享乐罢？说是尹氏的役夫曾经真心地如实地享受过梦的快乐来,大概只不过是伪《列子》杂收的一段古人的寓言罢哩。在我尖锐的理性,总不肯让我跃进了玄之又玄的国境,让幻想的抚摩来安慰了现实的伤痕。我总觉得,梦,不是来挖深我的创痛,就是来嘲笑我的失意;所以我是梦的仇人,我不愿意晚上再由梦来打搅我的可怜的休息。

但是惯会揶揄人们的顽固的梦,终于光顾了;我连得了几个梦。

——步哨放得多么远！可爱的步哨呵:我们似曾相识。你们和风雨操场周围的荷枪守卫者,许就是亲兄弟？是的,你们是。再看呀！那穿了整齐的制服,紧捏着长木棍子的小英雄,多么可爱！我看见许多认识的和不认识的面孔,男的和女的,穿便衣的和穿军装的,短衣的和长褂的:脸上都耀着十分的喜气,像许多小太阳。我听见许多方言的急口的说话,我不尽懂得,可是我明白——真的,我从心底里明白他们的意义。

——可不是？我又听得悲壮的歌声,激昂的军乐,狂欢的呼喊,春雷似的鼓掌,沉痛的演说。

——我看见了庄严,看见了美妙,看见了热烈;而且,该是一切好梦里应有的事吧,我看见未来的憧憬凝结而成为现实。

——我的陶醉的心,猛击着我的胸膈。呀！这不客气的小东西,竟跳出了咽喉关,即使我的两排白灿灿的牙齿是那么壁垒森严，也阻不住这猩红的一团！它飞出去了，挂在空间。而且，这分明是荒唐的梦了，我看见许多心都从各人的嘴唇边飞出来，都挂在空间，连接成为红的热的动的一片；而且，我又见这一片上显出字迹来。

——我空着腔子，努力想看明白这些字迹；头是最先看见："中国民族革命的发展。"尾巴也映进了我的眼帘："世界革命的三大柱石。"可是中段，却很模糊了；我继续努力辨识，忽然，轰！屋梁凭空掉下来。好像我也大叫了一声；可是，以后，什么都不知道，什么都已消灭！

我的脸，像受人批了一掌；意识回到我身上；我听得了扑扑的翅膀声，我知道又是那不名誉的蝙蝠把它的灰色的似是而非的翼子扇了我的脸。

"呔！"我不自觉地喊出来。然后，静寂又恢复了统治；我只听得那小东西的翅膀在凝冻的空气中无目地乱扑。窗缝中透进了寒光，我知道这是肃杀的严霜的光，我翻了个身，又沉沉地负气似的睡着了。

——好血腥呀，天在雨血！这不是宋王皮囊里的牛羊狗血，是真正老牌的人血。是男子颈间的血，女人的割破的乳房的血，小孩子心肝的血。血，血！天开了窟窿似的在下血！青绿的原野，染成了绛赤。我撩起了衣裾急走，我想逃避这还是温热的血。

——然后，我又看见了火。这不是 Nero 烧罗马引起他的诗兴的火；这是地狱的火；这是 Surtr 烧毁了空陆冥三界的火！轰轰的火柱卷上天空，太阳骇成了淡黄脸，苍穹涨红着无可奈何似的在那里挺捱。高高的山岩，熔成了半固定质，像饧糖似的软摊开来，填平了地面上的一切坎坷。而我，我也被胶结在这坦荡荡的硬壳下。

"呔!"

冷空气中震颤着我这一声喊。寒光从窗缝中透进来,我知道这还是别人家瓦上的严霜的光亮,这不是天明的曙光;我不管事似的又翻了个身,又沉沉地负气似的睡着了。

——玫瑰色的灯光,射在雪白的臂膊上;轻纱下面,颤动着温软的乳房,嫩红的乳头像两粒诱人馋吻的樱桃。细白米一样的齿缝间淌出 Sirens 的迷魂的音乐。可爱的 Valkyrs,刚从血泊里回来的 Valkyrs,依旧是那样美妙!三四辈少年,围坐着谈论些什么;他们的眼睛闪出坚决的牺牲的光。像一个旁观者,我完全迷乱了。我猜不透他们是准备赴结婚的礼堂呢,抑是赴坟墓?可是他们都高兴地谈着我所不大明白的话。

——"到明天……"

——"到明天,我们不是死,就是跳舞了!"

——我突然明白了;同时,我的心房也突然缩紧了;死不是我的事,跳舞有我的份儿么?像小孩子牵住了母亲的衣裾要求带赴一个宴会似的,我攀住了一只臂膊。我祈求,我自讼。我哭泣了!但是,没有了热的活的臂膊,却是焦黑的发散着烂肉臭味的什么了——我该说是一条从烈火里掣出来的断腿罢?我觉得有一股铅浪,从我的心里滚到脑壳。我听见女子的歇斯底里的喊叫,我仿佛看见许多狼,张开了利锯样的尖嘴,在撕碎美丽的身体。我听得愤怒的呻吟。我听得饱足了兽欲的灰色东西的狂笑。

我惊悸地抱着被窝一跳;又是什么都没有了。

呵,还是梦!恶意的揶揄人的梦呵!寒光更强烈地从窗缝里探进头来,嘲笑似的落在我脸上;霜华一定是更浓重了,但是什么时候天才亮呀?什么时候,Aurora 的可爱的手指来赶走凶残的噩梦的统治呀?

1928 年 1 月 12 日于荷叶地

花香雾气中底梦

◎许地山

在覆茅涂泥底山居里,那阻不住底花香和雾气从疏帘窜进来,直扑到一对梦人身上。妻子把丈夫摇醒,说:"快起罢,我们底被褥快湿透了。怪不得我总觉得冷,原来太阳被囚在浓雾底监狱里不能出来。"

那梦中底男子,心里自有他底温暖,身外底冷与不冷他毫不介意。他没有睁开眼睛便说:"哎呀,好香!许是你桌上底素馨露洒了罢?"

"哪里?你还在梦中哪。你且睁眼看帘外底光景。"

他果然揉了眼睛,拥着被坐起来,对妻子说:"怪不得我净梦见一群女子在微雨中游戏。若是你不叫醒我,我还要往下梦哪。"

妻子也拥着她底绒被坐起来说:"我也有梦。"

"快说给我听。"

"我梦见把你丢了。我自己一人在这山中遍处找寻你,怎么也找不着。我越过山后,只见一个美丽的女郎挽着一篮珠子向各树底花叶上头乱撒。我上前去向她问你底下落,她笑着问我:'他是谁,找他干什么?'我当然回答,他是我底丈夫——"

"原来你在梦中也记得他!"他笑着说这话,那双眼睛还显

出很滑稽的样子。

妻子不喜欢了。她转过脸背着丈夫说:"你说什么话！你老是要挑剔人家底话语,我不往下说了。"她推开绒被,随即呼唤丫头预备洗脸水。

丈夫速把她揪住,央求说:"好人,我再不敢了。你往下说罢。以后若再饶舌,情愿挨罚。"

"谁稀罕罚你？"妻子把这次底和平画押了。她往下说:"那女人对我说,你在山前柚花林里藏着。我那时又像把你忘了……"

"哦,你又……不,我应许过不再说什么的；不然,我就要挨罚了。你到底找着我没有？"

"我没有向前走,只站在一边看她撒珠子。说来也很奇怪:那些珠子黏在各花叶上都变成五彩的零露,连我底身体也沾满了。我忍不住,就问那女郎。女郎说:'东西还是一样,没有变化,因为你底心思前后不同,所以觉得变了。你认为珠子,是在我撒手之前,因为你想我这篮子决不能盛得露水。你认为露珠,在我撒手之后,因为你想那些花叶不能留住珠子。我告诉你:你所认底不在东西,乃在使用东西底人和时间；你所爱底,不在体质,乃在体质所表底情。你怎样爱月呢？是爱那悬在空中已经老死底暗球么？你怎样爱雪呢？是爱他那种砭人肌骨底凛冽吗？'她一说到雪,我打了一个寒噤,便醒来了。"

丈夫说:"到底没有找着我。"

妻子一把抓住他底头发,笑说:"这不是找着了吗？我说,这梦怎样？"

"凡你所梦都是好的。那女郎底话也是不错。我们最愉快底时候岂不是在接吻后,彼此底凝视吗?"他向妻子痴笑,妻子把绒被拿起来,盖在他头上,说:"恶鬼!这回可不让你有第二次底凝视了。"

鸭窠围的梦

◎沈从文

十七日上午六点十分

五点半我又醒了,为噩梦吓醒的。醒来听听各处,世界那么静。回味梦中一切,又想到许多别的问题。山鸡叫了,真所谓百感交集。我已经不想再睡了。你这时说不定也快醒了!你若照你个人独居的习惯,这时应当已经起了床的。

我先是梦到在书房看一本新来的杂志,上面有些稀奇古怪的文章,后来我们订婚请客了,在一个花园中请了十个人,媒人却姓曾。一个同小五哥年龄相仿佛的中学生,但又同我是老同学。酒席摆在一个人家的花园里,且在大梅花树下面。来客整整坐了十位,只其中曾姓小孩子不来,我便去找寻他,到处找不着,再赶回来时客全跑了,只剩下些粗人,桌上也只放下两样吃的菜。我问这是怎么回事,方知道他们等客不来,各人皆生气散了。我就赶快到处去找你,却找不到。再过一阵,我又似乎到了我们现在的家中房里,门皆关着,院子外有一只狮子咆哮,我真着急。想出去不成,想别的方法通知一下你们也不成。这狮子可是我们家养的东西,不久张大姐(她年纪似乎只十四岁)拿生肉来喂狮子了,狮子把肉吃过就地翻斤斗给我们看。我同你就坐在正屋门限上看它玩一切把戏,还看得到好好的太阳影子！再过一阵我们出门野餐去了,到了个湖中央堤上,黄泥做成的堤,两人坐下看水,那狮子则在水中游泳。过不久这狮子理着项下长须,它变成了同于右任差不多的一个胡子了……

醒来只听到许多鸡叫,我方明白我还是在小船上。我希望梦到你,但同时还希望梦中的你比本来的你更温柔些。可是我成天上滩,在深山长潭里过日子,梦得你也不同了。也许是鲤鱼精来做梦,假充你到我面前吧。

这时真静,我为了这静,好像读一首怕人的诗。这真是诗。不同处就是任何好诗所引起的情绪,还不能那么动人罢了。这时心里透明的,想一切皆深入无间。我在温习你的一切。我真带点儿惊讶,当我默读到生活某一章时,我不止惊讶。我称量我的幸运,且计算它,但这无法使我弄清楚一点点。你占去了我的感情全部。为了这点幸福的自觉,我叹息了。

倘若你这时见到我,你就会明白我如何温柔！一切过去的种种,它的结局皆在把我推到你身边心上,你的一切过去也皆在把我拉近你身边心上。这真是命运。而且从二哥说来,这是如何幸运！我还要说的话不想让烛光听到,我将吹熄了这支蜡烛,在暗中向空虚去说。

二哥

从地狱到天堂

◎高长虹

我惶惑地飞行着,在自由的天堂中。

可怕的冲突在这里发生了,所有日常在我周围貌似亲近的人们,这时都变成强硬的仇敌,鼓起苍蝇一般讨厌的勇气,一齐向我发出猛烈的攻击,在长久的孤独的奋斗之后,我终于失败了。我只有逃走,向没有人迹的地方逃走。

出乎我的意料之外,我驾起一双赤条条的胳膊,便像一只燕子似的,轻飘飘地飞了出去。横过了屋顶,墙壁,最高的树木。我斜斜地、冉冉地、毫无计划地向前飞去。浓密的、强韧的空气在下面推涌着我,如海上的波涛推涌着它胸脯上的小船。

衔着毒针的怒骂,放着冷箭的嘲笑,迸着暴雷的惊喊,在我后面沸腾着,渐远渐低——低到我所不能听闻的地方。

我省却防御猎人的枪弹的射击、顽童的石子的抛掷等不需要的机警,我安心地、自由地游泳,在黑色的夜的天海中。

明媚的、灼灼的眼睛,不可计数的星儿,在我上面闪耀着,指示给我前进的道路。

最后,目的地到达了——也许可以这样说,其实,我是并没有什么目的地的。一片广漠的荒野,没有一只鸟儿,而且没有一苗小草,巉岩壁立的悬崖,横在我的面前。

我便在那悬崖的巅上停止了我的飞行。乘着疲倦的朦胧,倒在一块略为平滑的岩石上睡了,甜美地睡着——一直到我醒来的时候。

梦游

◎俞平伯

月日,偕友某夜泛湖上。于时三月,越日望也。月色朦胧殊不甚好。小舟欹侧袅娜,如梦游。引而南趋,南屏黛色于乳白月芒下扑人眉宇而立。桃杏罗置岸左,不辨孰绯孰赤孰白。着枝成雾淞,委地疑积霰。花气微婉,时翩翩飞度湖水,集衣袂皆香,淡而可醉。如是数里未穷。南湖故多荷芰,举者风盖,偃者水衣。舟出其间,左萦右拂,悉飒不宁贴,如一怯书生乍傍群姝也。行不逾里,荷塘柳港转盼失之,唯柔波汩汩,拍桨有声,了无际涯,渺然一白,与天半银云相接。左顾,依约青峰数点出月雾下,疑为大力者推而远之,凝视仅可识。凉露在衣,风来逐云,月得云罅,以娇脸下窥,圆如珍珠也;旋又隐去,风寒逼人,湖水大波。回眺严城,更漏下矣。

月,山阴偏门舟次忆写

写这篇文章的因缘,在此略叙一下。十四年八月间得一梦,梦读文两篇,其一记雕刻的佛像二,姿态变幻,穷极工巧;其二记游西湖,亦殊妍秀。醒来其文悉不可诵,然意想固犹时时浮涌着,就记下了较易省忆的一篇,即此是。篇中固亦有后来臆加的,如"南湖故多荷芰"一节是;然大体的意境,总与梦中的文境不远。至于要写文言,因为梦中所见本是古文,遂不得不力加模拟。这却不是想去取媚"老虎",千万别误会。临了我还要讲一笑话:就是这文脱稿以后,不署姓名,叫朋友们去猜。他们说大约是明人作的,至迟亦在清初。可差得太多了!这三个朋友中,有两位实是我的老师,那令我更加惶恐了。谁呢?您猜猜看。还有几句附加的话,本文末一行所记,写文的地和时,亦是梦中的影子,万不可据为考据的张本。所谓"月",乃指在月下写记,并非某月的缺文。我觉得这种记时间的方法很好玩,虽然古已有之。您不记得吗?《武家坡》中有所谓"薛平贵,在月下,修写书文",这便是一个再好没有的先例了!

26日在北京东城记

梦后

◎何其芳

知是夜,又景物清晰如昼,由于园子里一角白色的花所照耀吗,还是——我留心的倒是面前的女伴凝睇不语,在她远嫁的前夕。是远远的如古代异域的远嫁啊!长长的赤栏桥高跨白水;去处有丛林茂草,蜜蜂闪耀的翅,圆坟丰碑,历历酋长之墓;水从青春的浅草根暗流着寒冷……

谁又在三月的夜晚,曾梦过穿灰翅色衣衫的女子来入梦,知是燕子所化?

这两个梦萦绕我的想象很久,交缠成一个梦了。后来我见到一幅画——《年轻的殉道女》。轻衫与柔波一色,交叠在胸间的两手被带子缠了又缠,丝发像已化作海藻流了。一圈金环照着她垂闭的眼皮,又滑射到蓝波上。这倒似替我画了昔日的辽远的想象,而我自己的文章反而不能写了。

现在我梦里是一片荒林,木叶尽脱。或是在巫峡旅途间,暗色的天,暗色的水,不知往何处去。醒来,一城暮色恰像我梦里的天地。

把钥匙放进锁穴里,旋起一声轻响,我像打开了自己的狱门,迟疑着,无力去摸索一室之黑暗。我甘愿是一个流浪者,无休止地奔波,在半途倒毙。那倒是轻轻一掷,无从有温柔地回顾了。

开了灯看啊,四壁陡立如墓圹。墓中人不是有时还享有一个精致的石室吗?

从前我爱搬家,每当郁郁时遂欲有新的迁移。我渴想有一个帐幕,逐水草而居,墨夜来时在树林里燃起火光。不知何时起世上的事都使我厌倦,遂欲苟简了之了。

"Man delights not me; no, nor woman neither."哈姆雷特王子,你笑吗?我在学习着爱自己。对自己我们常感到厌恶。对人,爱更是一种学习,一种极艰难极易失败的学习。

也许寂寞使我变坏了。但它教会我如何思索。

我常窥觑、揣测许多热爱世界的人,他们心里也有时感到寒冷吗?历史伸向无穷像根线,其间我们占有的是很小的一点。这看法是悲观的,但也许从之出发然后世上有可为的事吧。因为,以我的解释,他们都是理想主义者。

唉,"你不曾带着祝福的心想念我吗?"是谁曾向我吐露过这怨语呢,还是我向谁?是的,当我们只想念自己时,世界遂狭小了。

我常半夜失眠,熟悉了许多夜里的声音,近来更增多一种鸟啼。当它的同类都已在巢里梦稳,它却在黑天上飞鸣,有什么不平呢?

我又常恨人一点不会歌啸,像大江之岸的芦苇,空对东去的怒涛。因之遂羡慕天籁,从前有人隔壁听姑妇二人围棋,精绝,次晨叩之,乃口谈而已。这故事引起我一个寂寞的黑夜的感觉。又有一位古代的隐遁者,常独自围棋,两手分运黑白子相攻伐。有时,唉,有时我真欲向自己做一次滔滔的雄辩了,

而出语又欲低泣。

　　春夏之交多风沙日,冥坐室内,想四壁以外都是荒漠。在万念灰灭时偏又远远地有所神往,仿佛天涯地角尚有一个牵系。古人云:"思君令人老,岁月忽已晚。"使我老的倒是这北方岁月,偶有所思,遂愈觉迟暮了。

1934 年 6 月 21 日

梦呓

◎缪崇群

夜静的时候,我反而常常地不能睡眠。枯涩的眼睛,睁着疼,闭着也疼,横竖睁着闭着在黑暗里都是一样的。我不要看见什么了,光明曾经伤害了我的眼睛,并且暴露了我的一切的恶劣的行迹。

白昼,我的心情烦躁,比谁都不能安宁,为了一点小小事故,我詈骂,我咆哮,有时甚或摔过一个茶杯,接着又去掼碎两只玻璃杯子。我涨红了脸,喘着气。我不管邻人是否在隔壁讪笑,直等发作完了,心里才稍稍觉得有点平息。

说不出什么是对象,一无长物的我,只伴着一个和我患着同样痼疾的妻。她也是没有一点比我更幸福的运命:操劳着,受难着,用着残余的气力去挣扎。虽然早晨吃粥晚上吃粥,但难于得来的还是做粥所需要的米。

我咆哮的时候是没有理由,然而妻在一边暗自啜泣,不知怎么又引起我暴虐的诅咒。

追求光明的人,才原是没有光明的人。

现在,黑夜到来了,邻人的鼾声,像牛吼一般从隔壁传来,它示着威,使我从心底发火一般地妒忌,可是无可奈何地只有自己在床上辗转,轻轻地,又唯恐扰醒了身旁的妻。

——一个可怜的女人!我仿佛在心里暗暗念着她的名

字,安息的时候你是安息了。忘掉了白昼的事罢,生活在黑暗里的人们也就不知道什么叫黑暗了。

不时地,妻忽然梦呓了,模模糊糊地说着断续的句子,带着她苦心的自白和伤怨的调子,每一个字音,都像是对我有一种绝大的刺激。

我凝神地倾着耳,我一个字也不能辨地自己忏悔了,虔诚地忏悔了。

梦呓是她的心灵的话语,她不知道她的长期沉郁着的心灵是在黑暗中和我对话了。

"醒醒!醒醒!"被妻唤醒过来,我还听见自己哭泣的余音。我摸一摸潮湿了的脸,我没有说什么。

因为妻也没有问什么,倒使我非常难堪了。她不知道她的梦呓会使我的心灵忏悔,便她也不知道白昼以丑角的身份出现于人间舞台而黑夜作妇人的啜泣的人又是怎么一回事的。

记梦

◎汪曾祺

一

三只兔子住在兔圈里,他们说:"咱们写小说吧?"

两只兔子把一只兔子托起来扔起来,像体操技巧表演"扔人"那样扔起来,这只兔子向兔圈外面看了一眼,在空中翻了一个跟头,落地了。

他们轮流扔。他们都向兔圈外面看了。

他们就写小说。

小说写成了,出版了。

二

在昆明,连日给人写字。

做了一个梦。写了一副对联,隶书的。一转脸,看见一个人,趴在地上,用毛笔把我写的字的飞白地方都填实了,把"蚕头"、"燕尾"都描得整整齐齐的,字变得很黑。

醒来告诉燕祥,燕祥说:此人是一个编辑。

我们同行者之中,有几位是当编辑的。

三

梦中到了一个地方,这地方叫隹集叇,有一张木刻的旧地图上有这三个字。地图纸色发黄。当地人念成"符集集"。梦里想:"隹"字怎么能读成"符"呢?且想:名从主人,随他们吧。

这地方有一条河,河上有一座灰色的桥。河水颇大。

醒来,想:怎么会做了这样一个梦呢?又想:这可以用在一篇小说里,作为一个古镇的地点。

把这个梦记在一张旧画上,寄给德熙。

四

马路对面卖西瓜的棚子里有一条狗,夜里常叫,叫起来没完,每一次时间都很长,声音很难听,鬼哭狼嚎,不像狗叫,我夜里常被它叫醒。今天夜里,叫的次数特多,醒来后,很久睡不着。真难听。睡着了,净做怪梦。

梦见毕加索。毕加索画了很多画。起初画得很美,也好懂。后来画的,却像狗叫。

晨醒,想:恨不与此人同时,——同地。

说梦

◎冰心

　　我从一九八〇年秋天得病后,不良于行,已有六年之久不参加社会活动了,但我几乎每夜都做着极其欢快而绚丽的梦。我会见了已故或久别的亲朋,我漫游了五洲四海的奇境。白天,我的躯壳困居在小楼里,枯坐在书案前;夜晚,我的梦魂却飘飘然到处遨游,补偿了我白天的寂寞。

　　这些好梦要归功于我每天收到的、相识或不相识的海内外朋友的来信和赠书,以及种种的中外日报月刊。这些书信和刊物,内容纷纭繁杂,包罗万象,于是我脑海中这千百朵飞溅的浪花,在夜里就交织重叠地呈现出神妙而奇丽的画面!

　　我梦见我的父母亲和我谈话,这背景不是童年久住的北京中剪子巷,而似乎是在泰山顶上的南天门。母亲仍旧微笑着,父亲拍我的肩头,指点我看半山茫茫的云海和潺潺的飞泉。

　　我梦见在美国的母校慰冰湖上,轻轻地一篙点开,小船就荡出好远,却听见背后湖岸上有美国同学呼唤:"中国有信来了,快回来看吧!"

　　我梦见在日本东京一排高楼中间,凹进一处的、静雅的"福田家"小餐馆里,在洁无纤尘的地席上与日本朋友们围坐在一张矮几边,一边饮着清淡的白酒,一边吃着我特别欣赏的

辛辣的生鱼片。

  我梦见我独自站在法国巴黎罗浮宫的台阶上,眼前圆圆的大花坛里分片栽着的红、紫、黄、白的郁金香,四色交辉,流光溢彩!从那里我又走到香舍丽榭大街的咖啡座上,静静地看着过往的穿着淡青色和浅黄色春装的俏雅女郎。

  我梦见我从意大利罗马的博物馆里出来,走到转弯抹角都是流泉的石板路上,又进到一座壮丽的大教堂里,肃立在人群后面,静听坚实清脆的圣诗歌咏队的童音。

  我梦见在高空的飞机窗内,下望茫茫无边的淡黄的沙漠,中间横穿过一条滚滚滔滔的尼罗河。从两岸长长的青翠的柳树荫中,露出了古国埃及伟大建筑的顶尖。

  我梦见……这些梦里都有我喜爱的风景和我眷恋的人物,醒来也总是"晓枕心气清,奇泪忽盈把"。梦中当然欢乐,醒后却又有些辛酸。但我的灵魂寻到了一个高旷无际的自由世界,这是我的躯壳所寻不到的。我愿以我的"奇泪"和一缕情思,奉献给我海外的梦中人物!

说梦

◎董乐山

语云:"日有所思,夜有所梦。"我觉得这句话远比弗洛伊德的性联想说更有道理。当然一个人在青春期不免做些"艳"梦,但这也是"日有所思"的结果。然而毕竟日有所思,不仅限于两性之间的事,因此许多梦境都不是能用弗洛伊德的性联想说来解释的。不过我这是外行话,弗洛伊德在中国的新信徒恐怕是要不以为然的。

就我个人而论,一生之中做过数不清的梦。有的梦,一醒来就忘了;有的梦,由于一再反复,甚至梦中有梦,至今犹牢记不忘。若用马克思主义或者弗洛伊德学说分析起来(尽管我在这两方面都是门外汉),我倒偏向于"政治说"的,也许这是因为当代中国人生活环境使然吧。

比如说,五十年代我一再反复做的梦有三个,多少都反映了当时所谓"旧知识分子"的压在心底的潜意识:一个是到我原来每周必去的河南路商务印书馆门市部或者福州路小菜场楼上的工部局英文图书馆去找书,结果是尽兴而去,败兴而返。因为一到那里,不是找不到书架,就是找不到我要找的书。现在回想起来这大概是我对当时读书生活的贫乏的潜意识的反映吧。

另一个梦是我打开报纸,又见到了大光明、国泰等电影院的美国电影广告，满心欢喜，但一赶到售票处，上面贴的海报却是国产片。今日若有读者批评我崇美，我是心服口服，没有话说的。

第三个梦则更"反动"了。一别十几年的哥哥忽然从国外回来了，身上穿的是我自己最心爱的一件米黄色开司米大衣。看到他优哉游哉、满不在乎的样子，我心中暗暗着急。倒不是因为他穿去了我无法再穿、压在箱底遭虫蛀的心爱大衣，而是"我不是写信告诉你别回来，别回来吗？你这么冒冒失失回来了，再要想走，那可就插翅难飞了"！

若有哪一位小说家要想搜集五十年代"落后"的知识分子的素材，我愿把这三个梦送给他(或她)，但弗洛伊德在中国的新信徒恐怕是不屑一顾的。

1986 年 10 月

冬至夜的梦

◎冯亦代

　　昨夜临睡前,妻说,今晚是冬至夜,夜长梦多,看看你会做怎样的梦。

　　梦,对我来说已是老友了。年轻时惯做白日梦,梦中所见的都是英雄或弱者的事情。好在只是白日梦而已,当英雄固不必喜,做失败者也不必忧。因为这些都是脑中乾坤,眼睛一睁,便什么都化为乌有了。至于晚上做梦,第二天早上醒来,只觉得昨晚做了梦,至于梦到什么,则很难记起了。

　　这几年来,大概年老了,神经衰耗,几乎无晚不梦,而且一觉醒来,梦境依然,有时欢欣,有时不免惆怅。而做的梦,总以不舒心的为多,舒心的十不得一。中国没有精神分析医生,否则我真想去请教请教,究竟我的梦是否是俄狄浦斯情结在作祟?因为我平生一大憾事便是生下地来不过一个月,母亲便去世了。以后带领我的人有如转蓬,等到我现在垂老,还经常想到幼年失母的孤苦。

　　我经常做的梦,在年幼时是我到一所三开间的屋子里,一个人去的,很害怕,而眼前看到的却是一具黑色的七尺桐棺。我知道我的母亲睡在里面,可我无论如何打不开棺盖,于是我经常在哭喊中醒过来。这个梦是我做到三四十岁时才不做的。以后做的梦,就杂乱无章无可记忆了。四五十岁时的梦,

内容不同了,不是在和一些人争论不休,就是我在会上发言,而无一人理睬,醒来时不免有种空洞的感觉。十年浩劫时的梦,不是一个人行在荒野之中,就是自身变成个陈列品,站在高台上,周围有许多人交头接耳在议论,可又听不见他们在说什么,醒来则不免凄惶,有时午夜醒来,似乎还在梦中,连自己也怀疑其真实性了。

杭州人迷信的较多,对于梦有许多讲究。梦里快活,则第二天必有糟心之事,梦里蹭蹬,则醒来必有好事降临。我继母是很迷信梦的,每次做了噩梦,第二天清早必面东肃立,净水漱口,叩齿七通,口中念念有词,说什么我已不能全记得了,好像有"夜梦不祥……急急如律令敕"等语;据说这样便可以逢凶化吉。事涉迷信,实际上是服安慰剂。既然在梦里虚惊一场,总须在现实里有所补偿;无法得到,只能求之于神灵了。

以后长大了,念了些弗洛伊德谈梦的书,以之释梦,还是不得要领。因为梦见母亲的棺材,尚能说我思母心切,因之入梦;但是与人争论,独行荒野,当陈列品供人观瞻,又与恋母的情结有什么关系呢?所以对于梦,我只能当生活中的一页花絮看。杭州的赌徒在除夕夜铺被宿在张苍水相公祠堂的厢廊下,祈梦以作赌博下注的指示,可以完全说是财迷心窍。至于我在梦中与人争论不休,就与在批斗会中只能人言,不许我语有关,则已完全超出于弗洛伊德释梦的范围了。

可是,昨夜既是冬至夜,又连日内喜讯频传,我亦希冀做一个美梦,即使一时不能实现,也可以有个盼头,欢喜欢喜。不图上床入眠,一觉睡到天亮,对于是否做过梦,竟然毫无记忆。

妻问我夜来曾否做好梦,我只能说一觉到大天亮,不知梦中所见为何事何物。也许正因为如此,我大概又可以高高兴兴再做一年的梦了。

1984 年 12 月 22 日于听风楼

梦

◎巴金

我常常把梦当作我的唯一的安慰。只有在梦里我才得着片刻的安宁。我的生活里找不到"宁静"这个名词。一切的烦忧，一切的苦斗，它们笼罩着我的全个心灵，没有一刻肯把我轻易放过。然而我一进到梦的世界，它们即刻远远地避开了。在梦的世界里我每每忘了自己。我不知道我过去是一个什么样的人，或者做过怎样的事。梦中的我常常是一个头脑单纯的青年，没有过去，也没有将来；没有烦忧，也没有苦斗。我只有一个现在，我只有一条简单的路，我只有一个单纯的信仰，我不知道这信仰是从什么地方来的，在梦中我也不会去考究它。但信仰永远是同一的信仰，而且和我在生活里的信仰完全一样。只有这信仰是生了根的，我永远不能把它去掉或改变，甚至在梦里我忘了自己忘了过去的时候，这信仰还像太白星那样放射光芒。所以我每次从梦中睁开眼睛躺在床上半迷惑地望着四周的景物，那时候还是靠了这信仰我才马上记起我是怎样的一个人。把梦的世界和真实的世界连接起来的就只有这信仰。所以在梦里我纵然忘了自己，我也不会做一件我平日所反对的事情。

我刚才说过我只有在梦中才得着安宁。我在生活里找不到安宁，因此才到梦中去找，其实不能说去找，梦中的安宁原是自己来的。然而有时候甚至在梦中我也得不到安宁,我也做过一些所谓噩梦,醒来时两只眼睛茫然望着白色墙壁,还不能断定是梦是真,是活是死;只有心的猛跳是切实地觉到的。但等到心跳渐渐地平静下去,这梦境也就像一股淡烟不知飘散到哪里去了。留下来的只是一个真实的我。

然而我最近做了一个不能被忘却的梦,直到现在我还能够把它记下来。梦境是这样的:

我忽然被判处死刑,应该到一个岛上去登断头台。我自动地投到那岛上去。伴着我去的是一个不大熟识的友人。我们到了那里,我即刻被投入地牢。那是一个没有阳光的地方,墙壁上整天燃着一盏昏暗的煤油灯,地上是一片水泥。在不远的地方,时时响着囚人的哀叫,还有那建筑断头台的声音从早晨到夜晚,就没有一刻停止过。除了每天两次给我送饭来的禁卒外,我整天看不见一个人影。也没有谁来向我问话。我不知道那朋友的下落,我甚至忘记了她。在地牢里我只有等待。等那断头台早日修好,以便结束我这一生。我并没有悲痛和悔恨,好像这是我的自然的结局。于是有一天早晨禁卒来把我带出去,经过一条走廊到了天井前面。天井里绞刑架已经建立起来了,是那么丑陋的东西!它居然会取去我的生命!我带着憎恨的眼光去看它。但是我的眼光触到了另一个人的眼光。原来那个朋友站在走廊口。她惊恐地叫我的名字,只叫了一声。她的眼里含着满腔的泪水。我的心先前一刻还像一块石头,这时却突然熔化了。这是第一个人为我的缘故流眼泪。在这个世界里我居然看见了一个关心我本人的人。虽然只是短短的一瞥,我也似乎受到了一个祝福。我没有别的话说,只短短地说了"不要紧"三个字,一面感激地对她

梦

微笑。这时我心中十分明白，我觉得就这样了结我的一生，我也没有遗憾了。我安静地上了绞刑架。下面没有几个人，但不远处有一双含泪的眼睛，这双眼睛在我的眼前晃动。然而有人把我的头蒙住了，我什么也看不见。

过后我忽然发觉我坐在绞刑架上，那个朋友坐在我身边。周围再没有别的人。我正在惊疑间，朋友简单地告诉我说："你的事情已经了结。现在情形变更，所以他们把你放了。"我侧头看她的眼睛，那眼里已经没有泪珠了。我感到一种安慰，就跟着她走出监牢。门前有一架飞机在等候我们。我们刚坐上去，飞机就驶动了。

飞机离开那孤岛的时候，距离水面不高，我回头看那地方，这是一个很好的晴天，海上没有一丝波纹。深黄色的堡垒抹上了一层带红色的日光，凸出在一望无际的蓝色海面上，像一幅画面。

后来回到了我们住的那个城市，我跟着朋友到了她的家里，刚进了天井，忽然听见房里有人在问："××怎样了？有什么遗嘱吗？"我知道这是她的哥哥的声音。

"他没有死，我把他带回来了。"她在外面高兴地大声答道。接着她的哥哥惊喜地从房里跳了出来。在这一刻我确实感到生的喜悦。但是后来我们三人在一起谈论这事情时，我就发表了"倒不如这次死在绞刑架上痛快些"的议论。

这只是一场梦。春夜的梦常常是很荒唐的。我的想象走得太远了。但我却希望那梦境能成为真实。我并非想真的有一个"她"来把我从绞刑架上救出去。我盼望的倒是那痛快的死。这个在生活里我得不到。所以我的想象在梦中把它给我争了来，但在梦里它也只是昙花一现，而我依旧"被带回来了"。

　　这是我的不幸。我是一个充满着矛盾的人。只有这个才是消灭我这矛盾的唯一的方法。然而我偏偏不能够采用它。人的确是一个脆弱的东西。我常常残酷无情地分析我自己，所以我深知道自己是一个什么样的人。我有时眼光越过了生死的界限，将人世的一切都置之度外，去探求那赤裸的真理；但有时我对生活里的一切都感到留恋，甚至用全部精力去做一件细小的事情。在《家》的结尾我说过"青春毕竟是美丽的东西"。在《死》的最后我嚷着"我还要活"。但是在梦里我却说了"倒不如死在绞刑架上痛快"的话。梦中的我已经把生死的问题解决了，故能抱定舍弃一切的决心坦然站在死刑架上，真实的我对于一切却是十分执着，所以终于陷在繁琐和苦恼的泥淖里而不能自拔。到现在为止的我的一生中至少有一半以上的时间和精力是被浪费了的。

　　有一个年轻朋友读了我的《死》，很奇怪我"为什么会想到这许多关于死的话"。他寄了一张海上日出的照片来鼓舞我，安慰我。现在他读到我的这篇短文大概可以明白我的本意罢。我看着照片，我想我怎么能够比那太阳。我只是一个在矛盾中挣扎的弱者。我这一生横竖是浪费了的。那么就让我把这一生作为一个试验，看一个弱者怎样在重重的矛盾中苦斗罢。也许有一天我会克服了种种的矛盾，成为一个强者而达到生之完成的。那时梦中的我和真实的我就会完全合二为一了。

梦

◎斯妤

近来,我突然非常渴望做一个甜蜜美妙的梦。因为说来沮丧,虽然我是几乎没有一个晚上不做梦的,可是我的梦不是稀奇古怪莫名其妙,便是惊心动魄险象环生。遍寻这一二十年的印象,实在拣拾不出什么欣欣然、怡怡然的美丽梦境可以让我回味咀嚼、心花怒放的。

人生没有好梦是多么遗憾的事。真实如此丑陋卑微暗淡荒芜,美妙的梦绮丽的梦虽然虚妄虽然短暂却多少可以补偿我们的缺憾,安抚我们困顿的心,使我们多多少少领略些许善、爱、正义,享受一下阳光、海岸、鲜花、绿阴,心花怒放地做一回美丽安宁或绚丽繁华国度的子民。

奈何好梦总是不肯光临,而那种种荒诞不经、凹凸险恶的影像倒是频频在梦中交叉叠印。我不禁疑惑,是我生来就与好梦无缘,还是自古好梦难圆,好事多磨?

我当然愿意相信后者。后者虽然也难以预期,可遇而不可求,可它毕竟还是暗示着希望,蕴含着正果的。

终于有一天我做好梦了,确切地说是昨天,我终于做了一个美妙的梦。

仿佛是在乡间,坐在自己的木屋前。一边摘着野果子吃,一边把脚伸进潺潺的溪流中。溪水清澈见底。晶莹闪烁的细沙在阳光下微微滚动,有人在对面的山头亲切地喊我,我应了一声。那人不见了。白云推推搡搡集合到我的眼前来。"你要出门?"白云把我举了起来。我发现自己轻盈而自由。我从自家的木屋上空飘扬而过,从一个又一个山头上飘扬而过。我像飞鸟一样快乐而自由。接着,我看见了大海。我从容地降落。我在海边流连,像一个远离大海的山地子民。终于我想起自家的木屋,木屋对面的一个个山头了,我喔了一声,声音未落,我已降落在木屋前。麻雀欢叫着四散飞去。我感到自由而幸福。

梦醒后,我仍不肯从梦境中走出。我继续坐在木屋前,把脚伸进跳跃着细沙的溪水中,渐渐地我进入梦境了。这次我看见一个和我一模一样的人,正经历着和我一模一样的梦。所不同的是她没有像我一样全心全意地沉浸其中,而是一边体味着梦中的自由、幸福,一边一片片地撕开梦境,急切而不失风度地送进嘴里。我大吃一惊:她这不是在吃梦吗?梦也是能吃的吗?

惊诧之余,我彻底醒来。回味刚才的梦境,不禁愕然。可是我很快就承认那个和我一模一样的人并不是傻瓜。说到底,我们谁不是靠吃梦为生的呢?如果幸福只是一种传说,如果善与爱只是一种希冀,那么梦却是实实在在的补品,它即使不是每日每时也是时断时续、源源不绝地给我们的生命以滋润,以补益的。

说梦

◎废名

S笑我的一枝秃笔,我可觉得很哀,我用他写了许多字。

我想,倘若我把我每篇文章之所以产生,写出来,——自然有些是不能够分明的写出来的,当是一件有意义的事,或者可以证明厨川百村氏的许多话。好比我写《河上柳》,是在某一种生活之中,偶然站在某地一棵杨柳之下;《花炮》里的《诗人》,是由某地起感。我的朋友J曾怂恿我这样做,但这又颇是一件寂寞的事呵。

记得什么人有这样意思的话:要多所忘却。真的,我忘却的东西真不少,都随着我过去的生命而逝去了。我当初是怎样的爱读《乡愁》《金鱼》(俱见周作人先生《现代日本小说集》)这类作品,现在我连翻也不翻他一翻。我的抄本上还留下了不少的暗号,都是写《竹林的故事》时预备写的题材,现在我对着他们,正如对着一位死的朋友,回忆他的生前,哀伤着。《竹林的故事》《河上柳》《去乡》是我过去的生命的结晶,现在我还时常回顾他一下,简直是一个梦,我不知这梦是如何做起,我感到不可思议!这是我的杰作呵,我再不能写这样的杰作。

我当初的天地是很狭隘的,在这狭隘的一角却似乎比现在看得深。那样勤苦的读人家的作品的欢喜,自己勤苦的创作的欢喜,现在觉得是想象不到的事了。但我现在依然有我的欢喜,此时要我进献于人,我还是高兴进献我现在的欢喜。不过我怕敢断定——断定我是进步了。

我曾经为了《呐喊》写了一篇小文,现在我几乎害怕想到这篇小文,因为他是那样的不确实。我曾经以为他是怎样的确实呵,以自己的梦去说人家的梦。

我此刻继续写《无题》,我也还要写《张先生与张太太》这类东西。就艺术的寿命说,前者当然要长过后者,而且不知要长过几百千年哩。但他们同是我此刻的生命,我此刻的生命的产儿,有时我更爱惜这短命的产儿。好罢,我愿我多有这样的产儿,虽然不久被抛弃了,对于将来的史家终是有一点用处的。(附说一句:我对于梅兰芳君很觉歉仄,因为《张先生与张太太》那篇文章里我提起了梅君的名字,梅君那样的操业是只能引起我的同情的。)

我的脾气,诚如我的哥哥所说,非常急躁,最不能挡住外来的刺激,有时真要如"石勒的杀人",——我到底还是我罢,《石勒的杀人》不终于流了眼泪吗?

我有时实在一个字也没有,但我觉得要摆出一张白纸。过了几个黑夜,我的面前洋洋数千言。

最高兴我的文章的是我自己。最不高兴我的文章的是我自己。

有许多人说我的文章 obscure,看不出我的意思。但我自己是怎样的用心,要把我的心幕逐渐展出来!我甚至于疑心太 clear 得厉害。这样的窘况,好像有许多诗人都说过。

我最近发表的《杨柳》(无题之十),有这样的一段——

> 小林先生没有答话,只是笑。小林先生的眼睛里只有杨柳球,——除了杨柳球眼睛之上虽还有天空,他没有

看,也就可以说没有映进来。小林先生的杨柳球浸了露水,但他自己也不觉得,——他也不觉得他笑。……

我的一位朋友竟没有看出我的"眼泪"!这个似乎不能怪我。

佐藤春夫很有趣地说道:

"一个人所说的话,在别人听了,决不能和说话的人的心思一样。但是,人们呵,你们却不可因此便生气呵。"

是的,不要生气。

我有一个时候非常之爱黄昏,黄昏时分常是一个人出去走路,尤其喜欢在深巷子里走。《竹林的故事》最初想以"黄昏"为名,以希腊一位女诗人的话做卷头语——

"黄昏呵,你招回一切,光明的早晨所驱散的一切,你招回绵羊,招回山羊,招回小孩到母亲的旁边。"

不知从什么时候起黄昏渐渐于我疏远了。

艺术家要画出丑恶的原形相,似乎终于把自己浸进去了。这是怎样一个无心的而是有意义的事!

创作的时候应该是"反刍"。这样才能成为一个梦。是梦,所以与当初的实生活隔了模糊的界。艺术的成功也就在这里。亚里士多德说:艺术须得常是保持"a continual slight novelty."西蒙士(A. Symons)解释这话道:"Art should never astonish."这样的实例,最好是求之于莎士比亚。莎士比亚的剧(戏)剧多包含可怖的事实,然而我们读着只觉得他是诗。这正因为他是一个梦。

不要轻易说,"我懂得了!"或者说,"这不能算是一个东西!"真要赏鉴,须得与被赏鉴者在同一的基调上面,至少赏鉴的时候要如此。这样,你很容易得到安息,无论摆在你面前的是一座宫殿或只是一个茅舍。

有时古人的意思还没有说出罢,然而我看出了,莫逆于心。这一类的实例举不胜举。记得有一回我把这一首诗指给一个友人看——

　　　忆我少壮时　无乐自欣豫　猛志逸四海
　　　骞翮思远翥　荏苒岁月颓　此心稍已去
　　　值欢无复娱　每每多忧虑　气力渐衰损
　　　转觉日不如　壑舟无须臾　引我不得住
　　　前途当几许　未知止泊处　古人惜寸阴
　　　念此使人惧

我对着我的朋友笑道:"你读了陶渊明这个'惧'字作如何感呢? 我真是一则以喜,一则以惧!"然而解读者之所云,了不是那么一回事。难怪他们解不得。

有时古人只是无心的一笔罢,但我触动了,或许真是所谓风声鹤唳。这个有很大的道理存在其间。著作者当他动笔的时候,是不能料想到他将成功一个什么。字与字,句与句,互相生长,有如梦之不可捉摸。然而一个人只能做他自己的梦,所以虽是无心,而是有因。结果,我们面着他,不免是梦。但依然是真实。

我读莎士比亚,常有上述的情况。Hamlet 的 "dying voice"是有心地写还是无心呢? 但这一句,Hamlet 的最后一句——

　　　The rest is silence.

在我的耳朵里常是余音袅袅。

那之前,Hamlet 对他的朋友道:

......What a wounded name,
Things standing thus unknown, shall live behind me.
If thou didst ever hold me in thy heart,
Absent thee from felicity awhile,
And in this harsh world draw thy breath in pain,
To tell my story.

说到这里，远远听见——倘用中国话，应该是敲战鼓罢，道：

What warlike noise is this?

就全剧的结构说，到此本应有此插入，但我疑心我们的诗人兴酣笔落，落下这"Warlike noise"！至少这一个声音在我的耳朵里响得起劲。

如此类，很多。在"King Lear"这出戏里面，Edgar 回答 Gloucester 道：

Y'are much deceiv'd; in nothing am I chang'd But in my garments.

情节本是如此，Edgar 换了新装，著者自然要这样叙述。然而触动了我。

《儒林外史》的作者未必能如我们现代人一样罢，然而我此刻时常想起了他。这时我也就想起了《水浒》。不管原著者是怎样，我实是同一心情之下怀念这不同的东西。

世间每有人笑嘻嘻的以"刻画"二字加在这种著者头上，我却很不高兴听。自然，刻画我也不想否认。

有人说，文艺作品总要写得 inter(e)sting。这话我也首先承认。

我从前听得教师们说:"莎士比亚,仿佛他经过了各种各样的职业,从国王一直到'小丑',写什么像什么。"我不免有点不懂,就决心到莎士比亚的宫殿里去试探。现在我试探出来了,古往今来,决不容有那样为我所不解的似是而非的说法!我只知有那一个诗人,无论他是怎样的化装。偶见西蒙士引别人的话评论巴尔扎克,有云:

"简括的说,巴尔扎克著作中的人物,那怕就是一个厨役,都有一种天才。每个心都是一管枪,装满了意志。这正是巴尔扎克自己。外面世界的一切呈现于巴尔扎克的心之眼,是在一种过分的形像之下,俱有一种有力的表现,所以他给了他的人物一种拘挛(挛)似的动作;他加深了他们的阴影,增强了他们的光。"

这个我以为可以施之于任何作家。有时看起来恰是相反,其实还是一个真理,——我是想到了契诃夫。此刻我的眼前不是活现一个契诃夫吗?

波特来尔说:所有伟大诗人,都很自然的,而且免不了的,要成为批评家。又说:那是不可能的,为一个诗人而不包含一个批评家。

这本是一个极平常的事实。波特来尔自己就给我们做了一个模样,——他之于亚伦坡。

与上面的话同在一书之中,有弗洛倍尔写给波特来尔的一封信,是他,那白玉无瑕的小说家,读了他的 *Les Fleurs du Mal* 而写的,我很高兴的译之如下:

"我把你的诗卷吞下去了,从头到尾,我读了又读,一首一首的,一字一字的,我所能够说的是,他令我喜悦,令我迷醉。你以你的颜色压服了我。我所最倾倒的是你的著作的完美的艺术。你赞美了肉而没有爱他。"

"不薄今人爱古人",此是有怀抱者的说话。记得鲁迅先生以此与别种不相称的句子联在一起,当是断章取义。

"国朝盛文章,子昂始高蹈。"我有时又颇有此感。

1927年5月19日

一个梦和另一个梦

◎车前子

梦是共同的发明:白天和黑夜;一个人和身体深处的另一个人;现实与未来;睡与醒;凋谢和开放;盒子和窗;屋顶与道路;孤注一掷与急流勇退等的共同发明。一个梦仿佛把大床搬到了十字街头,我裸睡在那里。而另一个梦早已把床脚垫高,如一座木塔。我在塔顶上下不能。人们登到了塔的最高处,却不知在头顶还有一个恐惧着且羞耻着的家伙。我梦见了两个人。这是另一个梦。这个梦已是多年以前的一个梦了。我从一座楼梯上下来,两旁的扶手上栽满了仙人掌。下到最后一级时,我遇到她们。她们侧侧身,一边一个,从我身旁上楼。我回头看看扶手,上面挂满了一只又一只绿色的手套。她们边走边拿着手套——其实是脱着手套,每脱掉一只,就露出一只手来,每只手的手指上都夹着支点燃的香烟。后来,我跟在她们身后,到了一所空荡荡的房间,墙上有块黑板,她们用手朝我指指,我就被贴到了黑板上,像具印在纸上的人体骨骼。我对她说:"一把老骨头了。"另一个她就用教鞭捅到我嘴里,噗的一声,纸被捅穿了。这是学校里的财产,她对另一个她说,要爱护公物。这梦对另一个梦来讲,是最近的一个梦。我在一个梦里又遇到另一个梦里的她了。在一座岛上,我居住在简陋的草棚里,椰丝团给我送来了印刷品。我读到

《蝎子专号》和《点心师》。我离岛而去,到了一所空荡荡的房间,墙上有块黑板,我睡在一张床上,旁边有另一张床,上面睡着个死者,朝我笑笑。她进门了,吻一下我的额头,说:"快到岛上去吧,上面有一百只蝎子和十个点心师。"这两个梦相隔了有好几年,但我梦到了同一个她与同一所空荡荡的房子。空荡荡的房子在日常里似曾相识,而她在我的生活中却从来没有碰到过。我相信她是子虚乌有的。但我还是好奇,我好奇的是在另一个梦与这一个梦之间,也就是说相隔的几年里,她会不会生活在另一个人的梦里呢?如果确有其事,就很难说她是子虚乌有的了。写赠未来之妻,年月不记。

梦与现实

◎郭沫若

上

昨晚月光一样的太阳照在兆丰公园的园地上。一切的树木都在赞美自己的悠闲。白的蝴蝶,黄的蝴蝶,在麝香豌豆的花丛中翻飞,把麝香豌豆的蝶形花当作了自己的姊妹。你看它们飞去和花唇亲吻,好像在催促着说:

"姐姐妹妹们,飞罢,飞罢,莫尽站在枝头,我们一同飞罢。阳光是这么和暖的,空气是这么芬芳的。"

但是花们只是在枝上摇头。

在这个背景之中,我坐在一株桑树脚下读泰戈尔的英文诗。

读到了他一首诗,说他清晨走入花园,一位盲目的女郎赠了他一只花圈。

我觉悟到他这是一个象征,这盲目的女郎便是自然的美。

我一悟到了这样的时候,我眼前的蝴蝶都变成了翩翩的女郎,争把麝香豌豆的花茎做成花圈,向我身上投掷。

我埋没在花园的坟垒里了——

我这只是一场残缺不全的梦境,但是,是多么适意的梦境呢。

下

　　今晨一早起来，我打算到静安寺前的广场去散步。

　　我在民厚南里的东总弄，面着福煕路的门口，却看见了一位女丐。她身上只穿着一件破烂的单衣，衣背上几个破孔露出一团团带紫色的肉体。她低着头踞在墙下把一件小儿的棉衣和一件大人的单衣，卷成一条长带。

　　一个四岁光景的女儿踞在她的旁边，戏弄着乌黑的帆布背囊。女丐把衣裳卷好了一次，好像不如意的光景，打开来从新再卷。

　　衣裳卷好了，她把来围在腰间了。她伸手去摸布囊的时候，小女儿从囊中取出一条布带来，像漆黑了的一条革带。

　　她把布囊套在颈上的时候，小女儿把布带投在路心去了。

　　她叫她把布带给她，小女儿总不肯，故意跑到一边去向她憨笑。

　　她到这时候才抬起头来，啊，她才是一位——瞎子。

　　她空望着她女儿笑处，黄肿的脸上也隐隐露出了一脉的笑痕。

　　有两三个孩子也走来站在我的旁边，小女儿却拿她的竹竿来驱逐。

　　四岁的小女儿，是她瞎眼妈妈的唯一的保护者了。

　　她嬉玩了一会，把布带给了她瞎眼的妈妈，她妈妈用来把她背在背上。瞎眼女丐手扶着墙起来，一手拿着竹竿，嘚嘚嘚地点着，向福煕路上走去了。

我一面跟随着她们,一面想:

唉!人到了这步田地也还是要生活下去!那围在腰间的两件破衣,不是她们母女两人留在晚间用来御寒的棉被吗?

人到了这步田地也还是要生活下去!人生的悲剧何必向莎士比亚的杰作里去寻找,何必向川湘等处的战地去寻找,何必向大震后的日本东京去寻找呢?

嘚嘚嘚的竹竿点路声……是走向墓地去的进行曲吗?

马道旁的树木,叶已脱完,落叶在朔风中飘散。

啊啊,人到了这步田地也还是要生活下去!

我跟随她们走到了静安寺前面,我不忍再跟随她们了。在我身上只寻出了两个铜元,这便成了我献给她们的最菲薄的敬礼。

1923年冬,在上海

梦

◎陆蠡

迅疾如鹰的羽翻,梦的翼扑在我的身上。

岂不曾哭,岂不曾笑,而犹吝于这片刻的安闲,梦的爪落在我的心上。

如良友的苦谏,如恶敌的讪讥,梦在絮絮语我不入耳的话。谁无自耻和卑怯,谁无虚伪和自骄,而独苛责于我。梦在絮絮语我不入耳的话。

像白昼瞑目匿身林中的鸱枭受群鸟的凌辱,在这无边的黑夜里我受尽梦的揶揄。不与我以辩驳的暇豫,无情地揭露我的私隐,搜剔我的过失,复向我作咯咯的怪笑,让笑声给邻人听见。

想欠身起来厉声叱逐这无礼的闯入者。无奈我的仆人不在。此时我已释了道袍,躺在床上,一如平凡的人。

于是我又听见短长的评议,好坏的褒贬,宛如被解剖的死尸,披露出全部的疵点和瑕疵。

我不能耐受这絮语和笑声。

"去罢,我仅需要安详的梦。谁吩咐你来打扰别人的安眠?"

"至人无梦啊!"调侃地回答我的话。

"我岂讳言自己的陋俗,我岂需要你的怜悯?"

"将无所悔么？"

"我无所悔。谁曾作得失的计较？"

"终将有所恨。"

"我无所恨。"

梦怒目视着我，但显然有点畏葸。复迅疾如鹰的羽翼，向窗口飞去。

我满意于拒绝了这恐吓的试探。

"撒旦把人子引到高处，下面可以望见耶路撒冷全城。说，跳下去罢。"

他没有跳。

我起来，掩上了窗户。隐隐望见这鹰隼般的黑影，叩着别人的窗户。

会有人听说"跳下去罢"便跳下去的罢。

1936 年 3 月

说梦

◎巴金

我记得四岁起我就做怪梦,从梦中哭醒。以后我每夜都做梦,有好梦,有噩梦,半夜醒来有时还记得清清楚楚,再睡一觉,就什么都忘记了。

人说做梦伤神,又说做梦精神得不到休息,等于不睡。但是我至少做了七十年的梦,头脑还相当清楚,精神似乎并未受到损伤。据我估计,我可能一直到死都不能不做梦。对我来说只有死才是真正的休息。我这一生中不曾有过无梦的睡眠。但是这事实并不妨碍我写作。

人们还常说:"日有所思,夜有所梦。"这句话有时灵,有时又不灵。年轻时候我想读一部小说,只寻到残本,到处借阅,也无办法。于是在梦里得到了全书,高兴得不得了,翻开一看,就醒了。这样的梦我有过几次。但还有一件事我至今并未忘记:一九三八年七月初我和靳以从广州回上海,待了大约两个星期,住在辣斐德路(复兴中路吧?)一家旅馆里,一天深夜我正在修改《爱情三部曲》,准备交给上海开明书店重排。早已入睡的靳以忽然从里屋出来,到阳台上去立了片刻又回来,走过桌子前,没头没脑地说了一句:"我梦见你死了。"他就回里屋睡了。第二天我问他,他什么都不知道。我也无法同他研究为什么会做这个梦。

我说做梦不损伤精神，其实也不尽然。有一个时期我也曾为怪梦所苦，那是十年浩劫的中期，就是一九六八、一九六九、一九七〇年吧。从一九六六年八月开始我受够了精神折磨和人身侮辱。虽说我当时信神拜神，还妄想通过苦行赎罪，但毕竟精神受到压抑，心情不能舒畅。我白天整日低头沉默，夜里常在梦中怪叫。"造反派"总是说我"心中有鬼"。的确我在梦中常常跟鬼怪战斗。那些鬼怪三头六臂，十分可怕，张牙舞爪向我奔来。我一面挥舞双手，一面大声叫喊。有一次在家里，我一个人睡在小房间内，没有人叫醒我，我打碎了床头台灯的灯泡。又有一次在干校，我梦见和恶魔打架，带着叫声摔下床来，撞在板凳上，擦破了皮，第二天早晨还有些痛。当然不会有人同情我。不过我觉得还算自己运气好。一九七〇年我初到干校的时候，军代表、工宣队队员和造反派头头指定我睡上铺，却让年轻力壮的"革命群众"睡在下面。我当时六十六岁，上上下下实在吃力，但是我没有发言权。过了四五天，另一位老工宣队队员来到干校，他建议让我搬到下铺，我才搬了下来。倘使我仍然睡在上面，那么我这一回可能摔成残废。最近一次是一九七八年八月，我在北京开会，住在京西宾馆，半夜里又梦见同鬼怪相斗，摔在铺了地毯的地板上，声音不大，同房的人不曾给惊醒，我爬起来回到床上又睡着了。

好些时候我没有做怪梦，但我还不能说以后永远不做怪梦。我在梦中斗鬼，其实我不是钟馗，连战士也不是。我挥动胳膊，只是保护自己，大声叫嚷，无非想吓退鬼怪。我深挖自己的灵魂，很想找到一点珍宝，可是我挖出来的却是一些垃圾。为什么在梦里我也不敢站起来捏紧拳头朝鬼怪打过去

呢？我在最痛苦的日子,的确像一位朋友责备我的那样,"以忍受为药物,来纯净自己的灵魂"。

但是对我,这种日子已经结束了。

1980 年 10 月 22 日

切梦刀

◎李健吾

不知道怎样一个机会，也许由于沦陷期间闷居无聊，一个人在街上踽踽而行，虽说是在熙来攘往的人行道上，心里的闲静好像古寺的老僧。阳光是温煦的，市声是嚣杂的，脚底下碰来碰去净是坏铜烂铁的摊头，生活的酸楚处处留下深的犁痕，我觉得人人和我相似，而人人的匆促又似乎把我衬得分外孤寂。就是这样，我漫步而行，忽然来到一个旧书摊头，在靠外的角落，随时有被人踩的可能，赫然露出一部旧书，题签上印着《增广切梦刀》。

梦而可切，这把刀可谓锋利无比了。

一个白天黑夜全不做梦的人，一定是一个了不起的勇士。过去只是过去，时间对于他只有现时，此外都不存在。他打出来的天下属于未来，未来的意义就有乐观。能够做到这步田地的，"勇士"两个字当之而无愧，我们常人没有福分妄想这种称谓，因为一方面必须达观如哲学家，一方面又必须浑浑噩噩如二愣子。

当然，这部小书是为我们常人作的，作者是一位有心人，愿意将他那把得心应手的快刀送给我们这些太多了梦的可怜虫。我怀着一种欣喜的心情，用我的如获至宝的手轻轻翻开它的皱卷的薄纸。

"丁君成勋既成切梦刀十有八卷……"

原来这是一部详梦的伟著,民国六年问世,才不过二十几个年头,便和秋叶一样凋落在这无人过问的闹市,成为梦的笑柄。这美丽的引人遐想的书名,采取的是《晋书》关于王浚的一个典故。

"浚夜梦悬三刀于卧屋梁上,须臾又益一刀,浚惊觉,意甚恶之。主簿李毅再拜贺曰:三刀为州字,又益一者,明府其临益州乎?及贼张弘杀益州刺史皇甫晏,果迁浚为益州刺史。"

在这小小得意的故事之中,有刀也在梦里,我抱着一腔的奢望惘然如有所失了。

梦和生命一同存在。它停在记忆的暖室,有情感加以育养:理智旺盛的时候,我以为我可以像如来那样摆脱一切挂恋,把无情的超自然的智慧磨成奇快无比的利刃,然而当我这个凡人硬起心肠照准了往下切的时候,它就如诗人所咏的东流水,初是奋然,竟是徒然:

抽刀断水水更流。

有时候,那就糟透了,受伤的是我自己,不是水:

磨刀呜咽水,水赤刃伤手。

于是,我学了一个乖,不再从笨拙的截击上下功夫,因为那样做的结果,固然梦可以不存在了,犹如一切苦行僧,生命本身也就不复在人世存在了,我把自然还给我的梦,梦拿亲切送我做报答。我活着的勇气,一半从理想里提取,一半却也从人情里得到。而理想和人情都是我的梦的羽辅。说到这里,严酷的父亲(为了我背不出上"孟",曾经罚我当着客人们跪;为了我忘记在他的生日那天磕头,他在监狱当着看守他的士兵打我的巴掌……),在我十三岁上就为人杀害了的父亲,可怜的辛劳的父亲,在我的梦里永远拿一个笑脸给他永远的没有出息的孩子。我可怜的姐姐,我就那么一位姐姐,小时候我曾拿剪刀戳破她的手,叫她哭,还不许她告诉父亲,但是为了爱护,她永远不要别人有一点点伤害我,就是这样一位母亲一样的姐姐,终于很早就丢下我去向父亲诉苦,一个孤女的流落的忧苦。而母亲,菩萨一般仁慈,囚犯一样勤劳,伺候了我们子女一辈子,没有享到我们一天的供奉,就在父亲去世十二年以后去世了。他们活着……全都活着,活在我的梦里……还有我那苦难的祖国,人民甘愿为她吃苦,然而胜利来了,就没有一天幸福还给人民……也成了梦。

先生,你有一把切梦刀吗?

把噩梦给我切掉,那些把希望变成失望的事实,那些从小到大的折磨的痕迹,那些让爱情成为仇恨的种子,先生,你好不好送我一把刀全切了下去?你摇头。你的意思是说,没有痛苦,幸福永远不会完整。梦是奋斗的最深的动力。

那么,卖旧书的人,这部《切梦刀》真就有什么用处,你为什么不留着,留着给自己使用?你把它扔在街头,夹杂在其他旧书之中,由人翻拣,听人踩压,是不是因为你已经学会了所有的窍门,用不着它随时指点?

那边来了一个买主。

"几钿?"

"五百。"

"贵来!"他惘惘然而去。

可怜的老头子,《切梦刀》帮不了你的忙,我听见你的沙哑的喉咙在吼号,还在叹息:"五百,两套烧饼啊!"

拾得的梦

◎唐弢

在黎明的边涯,我拾得了这样的梦——

我梦见在冰岛上,冻云凝成碎块,依依于阴暗的冰谷。曾经为升平而点缀的花草、藤树,现在却僵卧在小径上,萎悴狼藉,凝成了行人的绊脚石。但这里又似乎并无行人,有的只是空漠,是阴森和死寂,连空气也结成冰柱,我用自己的呵气融化它,呼吸这融化了的一点,聊延残喘。

有残喘,也就有呵气,我活下去。

四围,红的波涛中,流荡着大大小小的冰块。圆的,像骷髅;长的,像骨骼;随波起伏。它们在跳舞,在狞笑,拥积在冰岛的沿岸,像春天的水面的浮渣一样,被风带到了幽僻的一角。

我嗅到了腐臭的气息,是死狗皮。

我见到了臃肿的形体,是烂猪肉。

那跳动的是主和的舌,那灰白的是卑鄙的心,夹着骷髅、骨骼,随波起伏。

它们在跳舞,在狞笑。

我始而静思,继而沉吟,终于大笑,宇宙也跟着我笑起来,冰柱在这笑声里溶解,因为,群的笑声里的呵气,是和煦的春风,带着更多的热意。

一株小草从冰的裂缝里跳出来,无数株小草从冰的裂缝里跳出来,顷刻,绿遍了全岛。

我问:

——春天到来了吗?

——用我们的力量,带着它来!

我始而静思,继而沉吟,终于大笑,海洋也跟着我笑起来,冰块在这笑声里溶解,因为,群的笑声里的呵气,是和煦的春风,带着更多的热意。

一个浪头从海的幽邃处卷起来,无数个浪头从海的幽邃处卷起来,顷刻,澄清了海面。

我问:

——朝暾上来了吗?

——用我们的力量,带着它来!

冻云飞散了,冰谷里冒出奔腾的迷雾。风,温暖地吹着,澄波映着青天,那上面挂着一个白热的朝阳,金光染红了整个宇宙。

冰岛在溶解,动荡,崩裂……我的脚又踏到了实地。

1939 年 1 月 8 日

童年的梦

◎萧乾

童年对我太遥远了。在八十四岁上去回忆童年——而且是童年的梦,那只能在五里雾中胡乱摸索。更何况那时我是个寄人篱下的孤儿。梦,对于那时的我,也许太奢侈了。那时我最迫切的事是填饱肚子和念上书。我总算进了一家可以工读的学堂。先是织地毯,后来送羊奶。地毯房的师傅动不动就操家伙(全是铁的)揍。那时我的"梦"也许只是少挨些打,因为回到堂兄家还有位阎王在等着。

十六岁那年,我反抗了,也独立了。那时我才真的做起梦来。那一年我进了北新书局当练习生,工作是看《语丝》的校样,给周大(鲁迅)和周二(周作人)先生还有冰心女士送稿费或版税,还给邮局寄刊物。白天干的是文学工作,晚间又借几本文学书去公寓里在昏暗的灯下捧读。我同文艺接触得早,被它吸引上是必然的。

对我来说,一九二八年是重要的。这年冬天,我因搞学生会被"崇实"开除,热心肠的越南华侨赵澄把我带到潮汕。进入"梦之谷"之后,我就想带潮州姑娘"盈"去南洋教书。那阵子我正在读郁达夫、蒋光慈的书,满脑子的"流浪"、"漂泊"念头。想想看,一九二八年以前我没出过北京,一下子就去了广东,一路上看到黄河、长江和大海,我的心就再也收不回来了。

那时反正我也没个家,我梦想的就是当个流浪者,走遍天涯海角。

我真正的梦——就是有可能实现而不是虚幻的,是三十年代初做的。那时我去了趟内蒙古。那是我祖先生活过的地方。原以为塞外风光一定无比壮观,可看到的却是娼妓和鸦片。那时我正在上埃德加·斯诺的新闻特写课。于是,文艺之外,我又梦想起新闻记者这一行当。

我认为应该有梦。早年的梦只能是零碎的片断,往往还是虚无缥缈的。随着年龄的增长,梦仿佛也在成熟。有可能变成现实的梦其实就是有所追求。

我这辈子还是蛮幸运。一九五七年原以为此生休矣,不料我还走到九十年代。梦——机遇——个人努力,这三样炒在一起,才能成为一盘好菜。这三样在我这只盘子里,差劲些的还是个人努力。年轻时我太贪玩,青年时期又不断在感情的旋涡里打转。倒还是一九五四年同洁若结合后,才想学她当当蜜蜂或蚂蚁。可惜婚后第三年就被迫歇了工。因此,八十年代以来我才这么分秒必争。

怨天尤人不如责诸己。如今我就是在拖着老迈的身子急起直追。

1993年3月26日于北京

梦游帖

◎伍俪子

星星说天上宫阙无花朵
遂昧然于春去春来

我仿佛失去了一些什么。每一个春宵都做了心灵的梦游人。关起窗子来,在白纸上画下淡墨山水,其实梦中天地片刻后依然于我遥遥。有时候也作诡异的幻想,后来还是让淋雨漫漶了过逝的痕迹。于是我成了失去生命宝藏的乞食者了,朝暮叩询陌生的门环,恍惚间像从另一国土漂流过来的浪游客。心想这个春天真是新奇瑰丽,宛如初降生人世的婴儿迎接着第一线耀目的阳光;原来我是一直在听着秋雨的长吟和寒风的狂啸的。"自然"是丰满新鲜的,有天从一册书上读到这样歌咏天地万物的词句。然而这于我又会有怎样的惊喜之情呢?我还是很宁静,毋宁说是疲倦于似水的流年罢:微微地有了烦哀的心思了。很想在一轻寒的夜晚,独自燃起白烛来看它的光焰的跳跃,我要从那里探索一些生命的喜悦。但我担心不久便会眩异于自己身影的颤抖了的。我要离开这个寂寞的世界!

其实我已是倦于这样漫长的行旅了。常常在深夜期待鸡叫。倒并不是惧怕黑暗,黑暗于孤独的人是并不可憎的;因为灯下究竟有身影亲切地陪伴着,为我说一个故事或者唱一支歌,都是遥远的另一个世界里的声音;而我流荡在太阳光下,真如游方的和尚了。我盼望鸡鸣是希冀另一新生活的开始，我要用各种绮丽的颜色，绘饰生命的画册。谁知我的笔却老蘸上紫色的、灰色的、玄色的墨水，于是为了自己写下的哀歌吟叹并且啜泣，时常时常。

　　许多年来的漂泊，让我忘却生长我的乡土，好似一失去国籍的畸零的少年。有次走过一片荒凉的墓园，有人指点那衰草丛中便是一位诗僧的栖息之地。那时我倒有一丝温暖存在心底，暗暗为那个身世凄凉的诗人庆幸，他毕竟占有这个明媚的湖山，作为死后幽灵徘徊的地方；永世的漂泊也有了安息的方寸之土了。想到这里便有沉静之感。虽然黄昏时有微雨洒自树梢，鹧鸪叫着使人肠断。我终于到现在还没有一个能知道我胡为而来又将走向何方的人。连我自己也怛迷于所跋涉的道路了。生命的踌躇一个接着一个。每天傍晚，暗暗的暮霭随风染上小窗，我怃然地叹息遗失了一方生命的幡，未来的方向隐蔽于雾中，前面是茫茫汪洋，我又没有独木舟；即连荒芜的无人岛，也将在梦中去访寻了。

　　说起梦来倒是我唯一寄托心灵的处所。常常放游于五湖四海，醒来才知道不过做了一夜凄清的旅客。某夜梦至一园林，也许是夏天吧，一园的绿荫。我忽然是一株繁荣的常青树了。可怜没有雨水的灌溉，一瞬间便凋谢了枝叶。于是乃化身为天际的明月，而天上星辰都纷纷殒落到荒原上去；我遂是大海上的孤舟了。慨叹失去明洁的雨水的滋润如杏花失去它的春日：一夕之间即憔悴不堪。我呼喊那些离枝的叶子，像最后一次呼喊那个徐徐逝去了背影的人，而它们都不复返了。过后才恍然不过是做了一夜短短的怪异的旅行，而我的春天，却永随逝水以东去。

因此我遂陌生地迎接这个春天。画下了流水，阳光，草，桥，茅舍，一树繁花，纸鸢，白云……自己欣赏幻想的构图。当然我也成了河滨绿杨下的图中人物。唉唉，我的偶然的疏忽，赋予自家宿年幽怨：我却忘了在身旁再添画上一个人了。于是独自凭栏看落日，听杜鹃啼。大城中间幻觉沙漠的荒芜。你不如骑牛出关去罢，或是盛一盆清水，编草为舟，卧游于波涛长啸的海上，我的影子对我说。我淡然一笑。而一连多天是帘纤细雨的日子，庭院成了千年荒刹了。于是在屋内天天温读古旧的书卷，嗯，这些都是古旧的：槐花的清芬，蔷薇和丁香的颜色，鸽哨，歌唱。一切一切，不都是昔日的梦寐吗！

我不懂得你的思想的途径，也昧于感伤的气息从何处来至你的笔端。我仿佛听到一个低低的声音向我询问。哎，我不过是眷恋着那些可怀的美好的日子罢了。昨天偶然听人说枝头的春天已经凋谢了，说时不胜惆怅的样子，我倒宁愿有一树夏天的浓荫，遮蔽着我的心。自然并不是想做古时的淳于梦，我是欲不用游仙枕也可化鹤飞去，展翅千里，寻觅来时的国土。有鸟有鸟，城市里的人们指点着惊呼，醒来遂惊讶离开故乡已有遥遥千里的路程。

现在我没有季节的感慨。春花秋月何时了，井畔苍苔也不知经历了若干迢递的岁华，不如去河滨垂钓，静静的几千年从树荫下逝去，不过是一场尘梦而已。从前我觉得天上太寂寞，盈盈河汉，星辰不太怨长年的清冷吗？如今才知道感情未免过于泛滥，倒愿御风飞入天上宫阙，备有多少人在花下垂泪，冷月的颜色描上窗栏时长长地叹气……

1945 年 4 月于杭州

残梦补记

◎ 蓝翎

记不得从什么时候开始了,大概是在众所周知的"光荣孤立"之后,我发现了一种获得心情平静的好办法(至今还在不断探索中,无意申请专利权),那就是在极端繁忙或心烦意乱之余,最好能乐观地(阿Q的?)发点奇想或怪想,使精力分散松弛,这比面壁静坐更有效。当我被批判得"发昏章第十一"时,曾羡慕过佛家所谓的"心如枯井"、"老僧入定"的宁静状态,若真能够练就了那种本领,则不失为对付政治运动的极好办法。由羡慕而读记高僧的书,但越读越怀疑,仿佛从字里行间仍能看到打坐者的意识在流动,更不用说那些六根未净因而"入魔走火"的。失望之后走极端,忽然悟到,发奇想未必不是一种解脱之道。

我很爱读并非作者生前编好而是死后由别人披露的日记。在中国,个人记日记,现在尚不清楚起于何时,唐宋以前的很少,明清以后的就多了。特别是近代,有的日记从作者的青年时代写起,直至寿终正寝,一日不辍,无意中为后人留下了研究其历史的丰富材料。由此,我忽然想到,为什么没有人像记日记那样,把自己每天做过的梦都记下来?要是把一生的都记下来,积累一部"梦记",它的可读性和吸引力,可能要超过日记,甚至要超过世界上最长的意识流小说。对于热衷于研究潜意识的人来说,也远较日记或文艺作品更有参考价值。很遗憾,当我发现这个著作史上的空白时,已经活了五十多岁,连一天的残梦也没记录过。若是我早发现这一点,并下定决心每天记梦,说不定身后真可能有获得"老子天下第一"的好机会。

按照通常的说法,做梦是"日有所思,夜有所梦"。这只能说有一定的道理,然而都不能当作科学的定义。其实,日有所思,夜间未必有所想。反过来,夜间有所想的,日间也未必有所思。文艺作品中的梦全是作家编的,应当除外。拿个人的经验说,我小时候听说本村出过"留洋"的工程师,于是也"梦想"过当工程师,可是在梦里从未当过工程师。从说书唱戏里知道有皇帝,梦里也未当过皇帝。岂但没当过皇帝,连官也没当过,自然也就不会梦中喊"长班",像《聊斋志异》中讽的官迷的梦话那样。

没有做过的梦当然不算真梦,只有真正做过的梦,才能说明梦的真实性——有的是荒诞的真实性。我曾梦见过遍地是乱爬的蛇:花的、青的、黑的、黄的;梦见过到处是青蛙,大的像洗脸盆——成精了;梦见过绿色的豆虫滚成堆;梦见过丢炸弹的飞机落下来变成鸽子;梦见自己的手指头原是皮包骨,揭开一看,肉都烂没了;梦见自己双手贴身,两腿一蹬,像飞天一样上了高空;梦见过烂了半截身子的牛仍在走路……这些,有的见过,有的想过;有的则未见过,也未想过;有的有联系,有的毫无联系。已经成了古人而现在又被某些人当作时髦引进来的弗洛伊德,曾把梦解释为性的潜意识。若按他的学说,要把丢炸弹的飞机忽而变成鸽子的梦解释通,恐怕要用九曲十八弯的弯弯绕,还不如请教中国的"圆梦家"省事。"圆梦"能把任何梦圆得头头是道,而且可以指出逢凶化吉之路——经过圆满编造的谎话,以安定做梦人的心。但是,"圆梦家"的可悲也正在于此,以为梦就是实际生活的前奏或序幕,生活要依照梦的暗示重现出来。生活就是生活,做梦就是做梦,如果二者的关系犹如影之随形,那正好通向了佛家或道家的虚无,"人生如梦"耳。

然而,还有比"圆梦家"更可悲的人,比如据传的那些研究测梦仪器的人,那些靠"逼供信"达不到目的而求诸梦话的人,那些靠听梦话打小报告整人的人,竟然把严肃的政治活动和荒唐的梦中之境直接挂上钩,画上等号。他们的思想方法很像古巫,认为梦是灵魂离开躯体的出游,捉住了梦,也就抓住了人的真正灵魂——思想观念、政治立场等等。我补记的几段残梦,若是当时像记日记一样完整记下来,落到这些人手里,就能演绎出该当"千刀万剐"的罪名:生在社会主义时代,怎么会想到遍地毒蛇横行?轰炸机变鸽子岂非调和战争与和平?手指头烂了肉,说明坏透了,应该"脱胎换骨"改造;梦中飞上天是感到不自由,想飞往"自由世界",叛国投敌。别以为我这是信口开河,胡乱栽派人,回想当年的"大批判"、"大字报",比这水平还要高得多。尤其"文革"期间的所谓"专案组",连梦话也没有听到,就立案调查做结论,让人哭笑不得。

社会生活要纳入秩序的轨道,做梦则完全可以自由,既无须干涉,也干涉不了。做无论什么样的美梦,都不值得祝贺。做噩梦也不可怕:天塌地陷也好,海枯石烂也好,山崩河决也好,牛头马面也好,醒来顶多出一身冷汗,脑袋依然长在脖子上,误不了起床、吃饭、干工作。相反,最可怕的是醒着的时候像做梦一样去搞政治、搞经济、搞文化、搞人事……那可要国穷民遭殃。人们把走过的坎坷曲折道路比喻为"一场噩梦"，非常形象、非常生动、非常贴切。梦是断了线的风筝，是乱了套的意识流，是疯狂了的奔马，天马行空，想入非非。所谓"跑步进入共产主义"，同做梦腾空差不多，醒来还是躺在老地方，别人却早已走远了。

生活的变革，社会的进步，向着共产主义理想的追求，是千军万马有秩序地豪迈进军。而"左"的思潮的归宿，是要把这一切都拉向梦境的。如果说它刚出现时，称之为"幼稚病"非常恰当，那么，经过了几十年，这种病已是老资格了，不那么"幼稚"，而是相当地老顽固，已成痼疾矣！

"左"比右好，这是近代的错觉和时尚。中国古代并不那么崇尚"左"，左乃贬词。贬官谓之"左迁"。脱离正宗谓之"旁门左道"。我觉得，还之以古义，更容易惊醒仍在"痴梦"中的"左"得利同志：你搞的那一套根本不是马克思主义的正宗，而是不折不扣的"旁门左道之术"。它的古代艺术形象就是牛鼻子老道式的人物，一股妖气，有什么美，有什么值得恋恋不舍？

论梦想

◎林语堂

有人说,不满足是神圣的,我十分相信不满足是人性的。猴子是第一种阴沉的动物,因为在动物群中,我只看见黑猩猩有一个真正忧郁的脸孔。我常常觉得这种动物是哲学家,因为忧郁和沉思是很接近的。这种脸孔上有一种表情,使我知道它是在思想。牛似乎不思想,至少它们似乎不在推究哲理,因为它们看起来是那么满足。虽然象也许会怀着盛怒,可是它们不断摆动象鼻的动作似乎代替了思想,而把胸怀中的一切不满足抛开。只有猴子能够露出彻底讨厌生命的表情。猴子真伟大啊!

归根结底说来,哲学也许是由讨厌的感觉开始的。无论如何,人类的特征便是怀着一种追求理想的冀望,忧郁的、模糊的、沉思的冀望。人类住在一个现实的世界里,还有梦想另一个世界的能力和倾向。人类和猴子的差异也许是在猴子仅仅觉得讨厌无聊,而人类除讨厌无聊的感觉之外,还有想象力。我们大家都有一种脱离常轨的欲望,我们大家都希望变成另一种人物,我们大家都有梦想。兵卒梦想做伍长,伍长梦想做大尉,大尉梦想做少校或上校。一个有志气的上校是不把做上校当作一回事的。用较文雅的词语说起来,他仅仅称之为服务人群的一个机会而已。事实上,这种工作没有什么别的意义。老实说,琼·克劳福德不像世人那么注意琼·克劳福德,珍妮特·盖纳(Janet Gaynor)不像世人那么注意珍妮特·盖纳。世人对一切伟大说:"他们不是很伟大吗?"如果那些伟大真正是伟大的,他们总会回答道:"什么是伟大呢?"所以,这个世界很像一间照单点菜的餐馆。在那边,每个顾客以为邻桌的顾客所点的菜肴,比自己所点的更美味,更好吃。一位大学教授说过一句谐语:"老婆别人的好,文章自己的好。"因此,以这种意义说起来,世间没有一个人感到绝对的满足。大家都想做另一个人,只要这另一个人不是他自己。

这种人类的特性无疑是由于我们有想象的力量和梦想的才能。一个人的想象力越大,便越不能感到满足。所以一个有想象力的孩子往往比较难教养。他比较常常像猴子那样阴沉忧郁,而不像牛那样快乐满足。同时,离婚的事件在理想主义者和较有想象力的人们当中,一定比在无想象力的人们当中更多。理想的终身伴侣的幻象会产生一种不可抵抗的力量,这种力量在比较缺乏想象和理想的人们当中,是永远感觉不到的。从大体上说来,人类被这种思想的力量有时引入歧途,有时辅导上进,可是人类的进步是绝对不能缺乏这种想象力的。我们晓得人类有志向和抱负。有这种东西是值得称许的,因为志向和抱负通常都被称为高尚的东西。为什么不可以称之为高尚的东西呢?无论是个人或国家,我们都有梦想,而且多少都依照我们的梦想去行事。有些人比别人多做了一些梦,正如每个家庭里都有一个梦想较多的孩子,而且或许也有一个梦想较少的孩子。我得承认我暗中是比较喜欢那个有梦想的孩子的。他通常是个比较忧郁的孩子,可是那没有关系,他有时也会享受到更大的欢乐、兴奋和狂喜。因为我觉得我们的构造跟无线电收音机一样,不过我们所收到的不是空中的音乐,而是观念和思想。有些反应比较灵敏的收音机,能收到其他收音机所收不到的更美妙的短波,为什么呢?当然是因为那些更远更细的音乐较不容易收到,所以更可贵啦。

而且,我们幼年时代的那些梦想并不像我们所想象的那么没有真实性。这些梦想不知怎样总是和我们终生同在着的。因此,如果我可以自选做世界任何作家的话,我是情愿做安徒生的,能够写《美人鱼》的故事,或做那美人鱼,想着那美人鱼的思想,渴望长大的时候到水面来,真是人类所能感觉到的最深沉、最美妙的快乐。

所以,一个孩子无论是在屋顶小阁上;或在谷仓里;或躺在水边;总是在梦想,而这些梦想是真实的。爱迪生梦想过;史蒂文生梦想过;司各德梦想过。这三个人都在幼年时代梦想过。这种魔术的梦想织成了我们所看见的最优良、最美丽的织物。可是较不伟大的小孩子也曾有过这些梦想的一部分。如果他们梦想中的幻象或内容各不相同,他们所感觉到的快乐是一样大的。每个小孩子都有一个含着思慕和切望的灵魂,怀抱着一个热望去睡觉,希望在清晨醒转来的时候,发现他的梦想变成事实。他不把这些梦想告诉人家,因为这些梦想是他自己的,所以它们是他的最内在的、正在生长的、自我的一部分。有些小孩子的梦想比别人的更为明晰,而且他们也有一种使梦想实现的力量;在另一方面,当我们年纪较大的时候,我们把那些较不明晰的梦想忘掉了。我们一生想把我们幼年时代那些梦想说出来,可是"有时我们还没有找到所要说的话的时候已经死了"。

国家也是这样。国家有其梦想,这种梦想的回忆经过了许多年代和世纪之后依然存在着。有些梦想是高尚的，还有一些梦想是丑恶的、卑鄙的。征服的梦想，和比其他各国更强大的一类梦想，始终是噩梦，这种国家往往比那些有着较和平梦想的国家忧虑更多。可是还有其他更好的梦想，梦想着一个较好的世界，梦想着和平，梦想着各国和睦相处，梦想着较少的残酷、较少的不公平、较少的贫穷和较少的痛苦。噩梦会破坏人类的好梦，这些好梦和噩梦之间发生着斗争和苦战。人们为他们的梦想而斗争，正如他们为他们尘世的财产而斗争一样。于是梦想由幻象的世界走进了现实的世界，而变成我们生命上一个真实的力量。梦想无论多么模糊，总会潜藏起来，使我们的心境永远得不到宁静，直到这些梦想变成现实的事情，像种子在地下萌芽，一定会伸出地面来寻找阳光。梦想是很真实的东西。

我们也有产生混乱的梦想和不与现实相符的梦想的危险。因为梦想也是逃避的方法，一个做梦者常常梦想要逃避这个世界，可是不知道要逃避到哪里去。知更鸟往往引动浪漫主义者的空想。我们人类有一种强烈的欲望，想和今日的我们不同，想离开现在的常轨，因此任何可以促成变迁的事物，对一般人往往有一种巨大的诱惑力。战争总是有吸引力的，因为它使一个城市里的事务员有机会可以穿起军服，扎起绑腿布，有机会可以免费旅行。同时，休战或和平对在战壕里度过三四年生活的人总是很需要的，因为它使一个兵士有机会可以回家，可以再穿起平民的衣服，可以再打上一条红色的领带，人类显然是需要这种兴奋的。如果世界要避免战争的话，各国政府最好实行一种征兵制度，每隔十年便募集二十岁至四十五岁的人一次，送他们到欧洲大陆去旅行，去参观博览会之类的盛会。英国政府正在动用五十亿英镑去实现重整军备的计划,这笔款子尽够送每个英国国民到里维埃拉去旅行一次了。理由当然是:战争的费用是必需的,而旅行却是奢侈的。我觉得不很同意:旅行是必需的,而战争却是奢侈的。

此外还有其他的梦想。乌托邦的梦想和长生不死的梦想。长生不死的梦想是十分近人情的梦想——这种梦想是极为普遍的——虽则它像其他梦想一样模糊。同时,当人类真的可以长生不死的时候,他们却很少知道要做什么事情。长生不死的欲望终究和站在另一极端的自杀心理很是相似。两者都以为现在的世界还不够好。为什么现在的世界还不够好呢?我们对这问题本身所感觉到的惊异,应该会比对这问题的答案所感觉到的惊异更大,如果我们春天到乡间去游览一番的话。

关于乌托邦的梦想,情形也是如此。理想仅是一种相信另一世态的心境,不管那是什么一种世态,只要和人类现在的世态不同就得了。理想的自由主义者往往相信本国是最坏不过的国家,相信他所生活的社会是最坏不过的社会。他依然是那个照单点菜的餐馆里的家伙,相信邻桌的顾客所点的菜肴,比他自己所点的更好吃。《纽约时报》"论坛"的作者说,在这些自由主义者的心目中,只有俄国的第聂伯水闸(Dnieper Dam)是一个真正的水闸,民主国家间不曾建设过水闸。当然只有苏联才造过地底车道啦。在另一方面,法西斯的报纸告诉他们的民众说,人类只有在他们的国度里才找得到世界唯一合理的、正确的、可行的政体。乌托邦的自由主义者和法西斯的宣传的危险便在这里,为补救这种危机起见,他们必须有一种幽默感。

梦

寻梦

◎巴金

我失去一个梦,半夜里我披衣起来四处找寻。

天昏昏,道路泥泞,我不知道应该走向什么地方。

前面是茫茫一片白雾,无边无际,我看不见路,也找不到脚迹。

后面也是茫茫一片白雾,雪似的埋葬了一切,我见不到一个人影。

没有路。那么,梦会逃到什么地方去?

我仍然往前面走。我小心下着脚步,我担心会失脚跌进沟里。

我走到一家小店门前。柜台上一盏油灯,后面坐着一个白发老人。我向他打个招呼,问他是否见到我遗失的东西。

"你找寻什么,年轻人?"

"我找寻一个梦。"

"梦?我这里多得很,"老人咧嘴笑起来,"我这里有的是梦,却不知道你要的是哪一种?"

"我失去的是一个能飞的梦。"

"我不知梦能飞不能飞,不过你看它们五颜六色,光彩夺目。你可以从里面挑选任何一个,并不要付多大的代价。"他给我打开了橱窗。

无数的梦商品似的摆在那里。的确是各种各样的梦：有的样子威严，有的颜色艳丽，有的笑得叫人心醉，有的形状凄惨使人同情。这里面却没有一个能飞的梦。

我失望地摇头，我找不到我失去的东西。

"随便挑一个拿去吧，难道里面就没有一个你中意的？"老人殷勤地问。

"没有。我只找寻我失去的那一个。别的我全不要！"

"但是茫茫天地间，你往哪里去找寻你那个梦？年轻人，我应该给你一个忠告，失去的梦是找不回来的。"

"我一定要找！从我身边失去的东西，我一定要找回来！"

"傻瓜，为什么这样固执？"老人哂笑道，"多少人追寻过失去的梦了，你可曾见到什么人把梦追回来？听我的话，转回去好好地睡觉。"

我却继续往前走。

雾渐渐变为稀薄，我看见江水横在我的面前。

我踌躇起来，没有舟楫，我怎么能到达彼岸？

忽然一只小木船靠近岸边，一个十七八岁的少年撑着篙竿高呼"过渡"。

我立刻跳到船中，连声催促船夫火速前进。

"老先生，为什么这样着急？半夜里还有什么要紧事情？"

这个少年怎么称我为"老先生"？刚才在小店里，我还被唤作"年轻人"，难道在这么短的时间里我增加了许多年纪？

我没有工夫同他争论，我只问他：

"喂，你有没有见到我那个失去的梦，那个能飞的梦？"

少年不在意地回答："我在这里见到的梦太多了，不知道哪一个是你的？若说能飞，它们都是从这江上飞过去的，没有一个梦会半路落在江里。"

"我那个梦特别亮,比什么都亮。"

"除了星星,我没有见到更亮的东西。那么你的梦并没有飞过这里,因为我见到的全是无光的影子。"

"你能不能告诉我它们飞往什么地方?"

"我不能。不过我知道它一定不在对岸,我劝你不要过去。"

"我一定要过去。请你把我快送过去,我愿出任何的代价。"

少年把我送到了对岸。

没有雾。天落着小雨。我走的全是滑脚的泥路。我好几次跌倒在途中,又默默地爬起来,揉着伤,然后更小心地前进。

一座高山立在我面前。没有土,没有树,这是一座不可攀登的石山。

"难道我应该空手转身回去?"我迟疑起来。

"不能,不能!"我听见了自己的心声。

"年轻人不能走回头路。"我的心这样说。

我鼓起勇气攀登岩石,一个接着一个,直到我两手出血,两脚肿痛,两腿发软,我还在往上爬行。

我几次失掉勇气,又恢复决心;几次停止,又继续上升;几次几乎跌落,又连忙抓紧岩石的边沿。最后我像一个病人,一个乞丐,拖着疲倦的身子和破烂的衣服立在山顶。我仍然看不到我那个失去的梦。

上面是一望无垠的青天,下面是一片云海、雾海。在这么大的空间里只有一只苍鹰在我的头顶上盘旋。

我的眼光跟着鹰翼在空中打转。我羡慕它能够那么自由自在地在无边的天海里上下飞翔。它一会儿飞得高高的，变成了一个黑点，一会儿又突然凌空下降，飞得那么低，两只翅膀正掠过我的头。我看见它那张锋利的尖嘴张开，发出一声嘲笑似的长啸。

它一定在笑我立在山顶束手无策，也许就是它攫去了我的梦。所以它第二次掠过我的头时，我愤然伸出手去捉它的脚爪。我捉住了鹰，但是一个斤斗让我从山顶跌下去了……

我睁开眼，我还是在自己的家里。原来我又失去了一个梦。

1941年11月在桂林

梦

寻梦人

◎唐弢

> 我是在蕲求人生的真,我是在蕲求存在的意义,我是在蕲求围绕于自然界中的一切事物。
>
> ——安特列夫

"你不说要告诉我一个寻梦人的故事吗?"

"人常常改变他的主意,也许我这样说过,现在可一点也不觉得有这意思。我们自己不就在寻梦吗?对着别人的故事正如面临着已逝的岁月,倘还有一分钟可供思索的时间,你说我们能打个哈哈了事?"

"你为自己悲哀?"

"我所噙住的只是一点严肃的感觉,固无论为了别人或者自己。即使逝去的日子并不怎样美丽,然而在贫弱的生命中也曾有过一次稍见丰腴的青春,现在已被掩埋于时间之下,对着这平凡的悲剧我能缴付的不是眼泪,而是一份深厚的敬意。"

"因此你遂自投于沉默了。"

"为什么因此呢,你以为感情是这样单纯的吗?更多的时候是——我并不因此。沉默是由于缅怀往昔,也常常为了追踪未来。我爱作海市蜃楼的憧憬,在幻想的空中搭上台阁,一堆又一堆地拼成,一块又一块地砌高,看它似真实之存在却又比存在更美好。人说是梦,然而如富人之拥有巨资,我将为我的多梦而骄傲。"

"可是你又说还在寻求。"

"是的,我还在寻求。砌搭了壮丽的台阁而又亲自摔碎了它,我向往于更深的世界。"

"那么你的骄傲?"

"你说人应该满足于自己的骄傲吗?"

"在人情里我找不到满足。"

"这就是了。梦是深思人的财产,你不能以时间来衡量它的久暂。能舍者能获,唯其蹇厄于现世乃克腾达于梦乡。我的见闻里就有一个这样的人物:在现实世界里人们说他是败家之子,一入了幻想的国度他就成为南面的君王。"

"这故事里有你的影子?"

"只怕你拾得时我已完全褪去了。"

"可是此刻却该是开始的时候……"

"对于故事你还未能忘情哩。距今三百年或者五百年前,华胥国里有所破旧的住宅,四周的墙壁已经剥蚀,朱漆的大门暗了颜色。人们很难说出它的存在的年代,以及那填户盈庭的曾有的豪华,因为他们都还过于年轻。不知从哪一代起主人游宦他乡,似乎忘记了这小城的老屋,长廊深院,只留守着几个世代更替的仆役。直到二十年前来了一个青年,二十年光阴如烟云过眼,其时他已经三十或者四十开外,独居的生涯使他和外间隔绝,也不知究竟是不是这古宅的主人,我可以告诉你的只有一点:他确是这故事里的主人而已。"

"一点儿传说都没有吗,这峨奇的府第?"

"人是一种固执的生物,闲暇时专爱打听别人隐私,对自身的一切却又讳莫如深。年轻人也曾探询过这古宅的历史，住在里面的人一个个守口如瓶——把祖先的秘密当作自身的私产，让他们伴着深院的寂寞，永远锁在厚沉沉的大门里，年代冲洗着殷勤的探问，淹没了老年人的记忆。现在，跑过那里，你能看到的只是那巍伟然而落寞的建筑，那墙角依稀可认的画图，那门前残缺了头额的石狮，那宅后裂开了杆子的古柏，以及住在败垣断壁坠瓦碎砖中的过了中年的主人。"

"就没有一个强近的亲戚？"

"正像所有的孤独者一样，他幼时死去父母，现在只剩下茕茕一身。相与厮守的是个衰老的苍头，自然的法则使老人失去听觉，更可惜的是又落尽一口牙齿，虽然成天钟摆似的唠叨，好像有什么秘密要告诉别人，人们却很难辨出一句清晰的话来，他已经远过了能够清楚地说话的年龄了。除去日备三餐，主人也别无使唤。石阶前乱草没膝，蕈菌向床底丛生，四壁贴满了白色的蟢子钱，蝎蝎伏在阴暗的潮湿的一角。你别看轻这小小的四脚动物，听说它专吃人们影子，失去了影子的人往往掉魂落魄。命运使我们这故事里的主人落入于不幸的例子。"

"他的精神并不健康？"

"你不应怀疑于此，这显然不是我所要说的意思。浅潭里的鱼儿吐着泡沫，狭笼里的小鸟也会鼓扑麻痹的两翅，对着这阴沉的发霉的环境又岂能毫无反应！老人的唠叨透露了一颗不安的心，也许成天自言自语地背着的正是一部《离骚》，一部豪华门庭的兴亡史，而现在乃湮没于含糊的唇舌之下，你已无法一掬同情之泪了。不过我们这故事里的主人却采取着不同的形式，他也为苦闷的心开辟了一个窗子，那不是唠叨，却是深不见底的沉默。"

"于是遂开始寻梦了?"

"几年来,他无分昼夜地躺在床上,不闻饮泣也不见嬉笑,对着寂寞的生涯没漏下半句解释的话;他和他的房客同样地有一副善于思索的头脑,一个美丽而不宁的梦。——你曾读过都德的《磨坊文札》吗?我们这故事里的主人也有一位房客,那个住在尘封的楼房里呆呆地耽了二十年的哲学家。"

"是那只猫头鹰?"

"不错,一只猫头鹰,灰发蓬蓬的先知。从腐蚀成洞的楼板望过去——你知道楼上并不住人——它栖止在第三根屋梁上,面对着主人的大床。他们以默视代替了问答,彼此相守,深陷的眼睛紧闭着岁月的洪流。也许是在寻思,是在探求一个不变的真理,或者有什么沉重的往事压坏了偏激的心田。你的眉梢在耸动了。你以为是我错用了这两个字吗?偏激。不错,偏激仿佛是沉静的对词,然而却不必就是相反的性格。你不看见隐藏在这原野下面的一片大地吗?它是那么平静、朴厚、结实,默默地运转着运转着,然而包含在这地面底下,紧裹住地心的却是一团融融的火,一种亘古不变的热力。你是个拙劣的画家,在选择对象时你把苍鹰蛋当作静物画了,不知躲在表皮里面的却是一个活跃的生命,能翱翔也能搏斗,虽然现在还在潜伏,有一天它会啄破硬壳,扑一扑羽翼直冲破黑暗的云霄。"

"我爱你美丽的预言——然而这岂不太早吗?"

"预言?世上没有太早的预言。使我惘然的乃是现在还无法断说蛋中的生命能否长成,这是一个冷酷的时代,缺少的正是温情的孵育。让我们祝福这故事里的主人吧。他从无数只眼睛里接受嘲笑,却向一个寂寞的心底投掷。人生是辽远的路,命运是沉重的担子,而他,刚跨开步子却已不胜负累了。二十年前他是一个青年,失去了父母却还没有失去一份富裕的家产,一颗年轻的活泼的心。在一个春天的早晨他踏入了小城,跨进了古宅,随他同来的门下客盈千累百,大宴小会,走马击剑,睹如火青春,谁不羡公子豪兴。然而也就在二十年前——时间对于他似乎容易衰老却不容易逝去,不久就尝到曲终人杳的滋味。在一个偶然的机会里他散尽家财,在一种必然的情势下他解除婚约,人们说他过的豪华生活还不满五年,有人说是三年,更有人引喻例证,说是从莅临到没落不过整整一年。"

"一年?"

"你以为一年的时间太短吗?人们从短短的一年里汲取回忆,往往成为此后二十年或者三十年生涯中熬不尽的苦恼和磨折。他不满这个世界,有多少好梦在冥冥中等候着他。于是和沉默结婚,与猫头鹰为友,他拥有多余的空闲和不成熟的自由。任白日沉沉,就像往昔浪费金钱似的浪费着他的光阴。如果青春真是孟代童话里说的仙女赐予的雏菊,那他也正像少年浪特莱一样,为了追逐人生的趣味,却在率性的欢乐和梦想中把那些花瓣浪掷了。你不同意这种率性吗?许多人从仙女的手中接下雏菊盛在银匣里珍藏起来,却去努力于旁的为名利的事业,等到他们思及享用而打开银匣时,里面静静地躺着一茎久已枯萎的花枝。"

"那么你同情于毫不经心地将青春耗去的人们?"

"我为完全不曾有过青春的回忆者叹息。"

"然而什么又是梦中的收获呢?"

"没有收获才是最大的收获。虔诚于宗教的人在临死的瞬间望见了天堂,他的喜悦正不亚于科学家的发现物质,所不同者只是留在世上的足迹而已,你能说这不是收获吗?"

"你承认他们中间的不同。"

"因为我并不崇拜玄学。为了同样的原因我们这故事里的主人还在探寻,凭着冷静的头脑向生活深处摸索。二十年了,二十年光阴里他徜徉于梦境,人们说他动极思静,他是仿佛饮了白堕春醪,深深地为自己的幻想醉倒了。你说这是一种自恋吗?你猜得不对。应该注意的是在他心理活动中对自身的搏斗和鞭捶。他是这样深沉又是这样激动,摆在眼前的是一个世界,藏在心底的又是一个世界,几千年繁文缛节人情世故幻成重重的黑影覆压着他。人是历史的牺羊,是生存的奴隶,谁不或多或少地因袭着传统的缺点?然而他企求摆脱,向社会同时也向自己做着苦苦的挣扎,他撷取梦幻直奔向灵魂深处,在这里他看见了自己的国度——那亲手揉成的天地,便不夸人间仙境,也应比世外桃源,一切是理想的化身,现在他戴上了皇冠。"

"他将终老于是乡了?"

"在未老之前他经历了死。"

"死?"

"是的。你吃惊得几乎跳起来了,朋友,你无须去疑心自己的听觉。'夫祸之与福兮,何异纠缦。'那个远谪长沙的贾谊不就这样说过吗?有生必有死,生既不知其自来,死又何妨听其自往。于是我们这故事里的主人脱去他思想上的玄裳。"

"我不明白这意思。"

"你没听见过猫头鹰的叫声吗?相传它是不祥之物,能预知人之将死,在黑夜里飞鸣于屋顶,'庚子日斜兮,鹏集予舍,止于坐隅兮,貌甚闲暇。'传说给诗人带来谪居的伤悼,于是他深深地叹息了。然而在我们故事里这位先知却是主人的房客,平居时深思默蹙,冷静的习惯促成宾主的投合,二十年如一日,但得心心相通,又遑论带来的是灾殃抑是幸福,他们继续着不定期的租约。直到初夏的一个静静的日午——正是老苍头无疾而终后的第三天,梁上的先知忽失所在,一线强烈的阳光从屋顶直泻而下,一种生疏的感觉使主人大为惊讶,向上睨他便见碧澄澄的一片,那多年来为灰黑的羽翼所遮掩的青天。许是倦腻于多云的岁月,一夜的沉思使'故我'死去。"

"于是他遂获新生了?"

"卸下回忆的重担,和往昔告别,他走出这座古宅的大门。"

"是寻得了自己的梦吗?"

"不,他还在追寻。唤醒魂灵来目睹自身的腐烂,最难熬煎的正是世间的感情。人类往往自作聪明,不幸实际上却趋向退化了,他们失去能够翱翔的翼子,猥屑蜷琐得犹如失踪的先知。养儿育女,生老病死,有多少光阴可供消磨,而我们却终于把自己化完了。对着芸芸众生你不存一点恻隐之心?你没有一点超脱的企望?我鄙弃人类,却热爱他们的梦想,凭着这种梦想夸父在追逐西下的太阳,而人生也遂以绚烂了。在这故事里你不感谢从罅隙漏下的一线蓝色吗,这是自然的来召,沉静中有原野的呼号。听,这不就是它的声音吗?你为什么沉默了?"

"我在寻思说这故事者的故事。"

"那你可想入非非哩。"

"仿佛有一点线索——请告诉我寻梦人的下落。"

"很久以来我爱易卜生的《傀儡家庭》,我喜欢这位女主人的归宿,娜拉因为不甘于做丈夫的傀儡,就决定出走,看客只听到关门声,接着就闭幕。我们这故事也到了可以闭幕的地步了。你要追问寻梦人的下落吗?惭愧我知道得太少。我们这故事里的主人向着自己的理想在奔逐,成败利钝不出一途,任凭你想去就是。谁怎样想法都可以是这故事的结束。而你,我的朋友,你是怎样想的呢?"

1943年5月16日

归梦

◎梁宗岱

飘忽迷幻的梦里——我跋涉着那迢迢的旅路,回到乡园去。

暮色苍凉,风光黯淡中,母亲正倚闾望着。门前塘边的青草地上,弟妹们的嬉游如故;老母的慈颜,却已添上无限的憔悴。不禁放声大哭!醒来,正是春暮夜静的深处,碧纱窗外,剩月朦胧,子规哀啼。从惨散凄恻的《留春曲》里,犹声声地度来阵阵落红的碎香。

只是默默地在床上微怔着……
儿时的梦影,又残云般浮现出来了。

是一个严冬的霜夜。不知怎样的,迷离地踱到一处无际的荒野去。漠漠的赤沙,漫漫的长途。凄烟迷雾里,只见朔风怒号,寒月苦照,惊鸿凄咽,怪鸱悲鸣。小心里,惶然悚然!只剩有寂寞,只剩有荒凉!

再不敢久留了,急返身跑回家中。母亲正淘米厨下。见了窘蹙、彷徨、客倦的我,百忙中,无可奈何地,把那乳露一般的淘米的水浆给我喝了,温温地给我慰安偎存了。怯懦而恐怖的小心,迸着了慈母的抚爱,不觉哇的一声哭醒来,欲依然安卧在伊甜温的软怀里。伊手儿拍着,低声唱着:"睡着,宝宝,睡罢。妈在这儿呢。"

母亲呵!当我从这孤苦崎岖的旷野,回到你长眠的乐土的时候,还是一样地把那淘米的水浆给我喝罢!

1923 年 5 月 13 日

"住"的梦

◎老舍

在北平与青岛住家的时候,我永远没想到过:将来我要住到什么地方去。在乐园里的人或者不会梦想另辟乐园吧。

在抗战中,在重庆与它的郊区住了六年。这六年的酷暑重雾和房屋的不像房屋,使我会做梦了。我梦想着抗战胜利后我应去住的地方。

不管我的梦想能否成为事实,说出来总是好玩的:

春天,我将要住在杭州。二十年前,我到过杭州,只住了两天。那是旧历的二月初,在西湖上我看见了嫩柳与菜花,碧浪与翠竹。山上的光景如何?没有看到。三四月的莺花山水如何,也无从晓得。但是,由我看到的那点春光,已经可以断定杭州的春天必定会教人整天生活在诗与图画中的。所以,春天我的家应当是在杭州。

夏天,我想青城山应当算作最理想的地方。在那里,我虽然只住过十天,可是它的幽静已拴住了我的心灵。在我所看见过的山水中,只有这里没有使我失望。它并没有什么奇峰或巨瀑,也没有多少古寺与胜迹,可是,它的那一片绿色已足使我感到这是仙人所应住的地方了。到处都是绿,而且都是像嫩柳那么淡,竹叶那么亮,蕉叶那么润,目之所及,那片淡而光润的绿色都在轻轻地颤动,仿佛要流入空中与心中去似的。

这个绿色会像音乐似的,涤清了心中的万虑,山中有水,有茶,还有酒。早晚,即使在暑天,也须穿起毛衣。我想,在这里住一夏天,必能写出一部十万到二十万的小说。

假若青城山去不成,求其次者才提到青岛。我在青岛住过三年,很喜爱它。不过,春夏之交,它有雾,虽然不很热,可是相当湿闷。再说,一到夏天,游人来得很多,失去了海滨上的清静。美而不静便至少失去一半的美。最使我看不惯的是那些喝醉的外国水兵与差不多是裸体的,而没有曲线美的妓女。秋天,游人都走开,这地方反倒更可爱些。

不过,秋天一定要住北平。天堂是什么样子,我不晓得,但是从我的生活经验去判断,北平之秋便是天堂。论天气,不冷不热。论吃食,苹果、梨、柿、枣、葡萄,都每样有若干种。至于北平特产的小白梨与大白海棠,恐怕就是乐园中的禁果吧,连亚当与夏娃见了,也必滴下口水来!果子而外,羊肉正肥,高粱红的螃蟹刚好上市,而良乡的栗子也香闻十里。论花草,菊花种类之多,花式之奇,可以甲天下。西山有红叶可见,北海可以划船——虽然荷花已残,荷叶可还有一片清香。衣食住行,在北平的秋天,是没有一项不使人满意的。即使没有余钱买菊吃蟹,一两毛钱还可以爆二两羊肉,弄一小壶佛手露啊!

冬天,我还没有打好主意,香港很暖和,适于我这贫血怕冷的人去住,但是"洋味"太重,我不高兴去。广州,我没有到过,无从判断。成都或者相当合适,虽然并不怎样和暖,可是为了水仙,素心腊梅,各色的茶花,与红梅绿梅,仿佛就受一点寒冷,也颇值得去了。昆明的花也多,而且天气比成都好,可是旧书铺与精美而便宜的小吃食远不及成都那么多,专看花而没有书读似乎也差点事。好吧，就暂时这么规定：冬天不住成都便住昆明吧。

在抗战中，我没能发了国难财。我想，抗战结束以后，我必能阔起来，唯一的原因是我在这里说梦。既然阔起来，我就能在杭州，青城山，北山，成都，都盖起一所中式的小三合房，自己住三间，其余的留给友人们住。房后都有起码是二亩大的一个花园，种满了花草；住客有随便折花的，便毫不客气地赶出去。青岛与昆明也各建小房一所，作为候补住宅。各处的小宅，不管是什么材料盖成的，一律叫作"不会草堂"——在抗战中，开会开够了，所以永远"不会"。

那时候，飞机一定很方便，我想四季搬家也许不至于受多大苦处的。假若那时候飞机减价，一二百元就能买一架的话，我就自备一架，择黄道吉日慢慢地飞行。

白日的梦

◎叶灵凤

橐！橐！橐！有极细微的叩门声音，是一种柔嫩的物体撞击的声音，接着，门钮一转动，门便悠悠地开了。

我转身回顾，眼睛已被两块腻滑而温暖的东西遮住，寂然黝黑，只嗅听到款款的香气和背后喘息的声音。

同时，嘴唇上也感到了一道凉意。

是谁？

只听见嘶的一声娇笑，光明又重回到了我的眼中。我回首看时，闭目佯羞，垂首立在墙角的正是……

你料想不到我此时会来吧？——进来的人在歪着头娇声地问。

……我用舌尖舐舐自己的嘴唇，感着了酒一般的陶醉。

——你不要尽在那里做梦，你以为我真的很高兴么？我是见了你的面才忍不住这样。你可知道事情已经闹得不得了了，他们已经……

什么？——酣醉的狂蜂，终于被这意外的一击惊动了。

他们已经将我的信拿了去。什么都晓得了，母亲气得……大海的波涛，在我的胸膛上不住地起伏！

……母亲气得昏了过去。姊姊只是哭，哥哥睁着眼睛说是出去借手枪了。我乘空特地跑来问你，你看……

啊！啊！地狱！天堂！天……

你看怎样办呢？不自由,毋宁死,我们不如……

颓然倚到了身上,两手蒙住眼睛,将头抵在胸口不住地辗动。眼泪续续地从指隙淋出,肩头只是战耸。

怎样办呢？你不要急,让我去……

你不要走！——眼泪更落得紧密了。

唉！——悠然叹了一口长气。钢铁也要被熔化了。四只手互相地拥抱着,在啜泣声中,再分不清谁是眼泪的渊泉。

暂时的沉默！暂时的享乐！

突然,门外起了急促的脚步声和撞击的叩门声。有人在喊着她的名字。

你听！你听！听……谁？谁……

啊啊！不好！是哥哥的声音。哥哥来了,他是借手枪去的,他来了,他会……

啊啊！怎样好呢？躲！躲！快躲……床底下……衣橱……门后……开窗子跳……

不要紧！不要怕！有我在……我在此地,I am your protecter①……让我去……

你不要……

在翻腾的杂乱与惊骇中,突然当的一声,有一件东西从窗外飞了进来。

枪弹来了,我感着手上有液体流出,心头一阵剧痛,一切都……

先生！楼上的先生！

---

① 英语。意为"有我保护你"。

有人在喊。我骇得从椅子上跳了起来,睁开眼睛,将身子俯出窗口。

该不是……

先生!好先生!对不住你,我们刚才有一只皮球从下面踢到了你的房里,请你掷还给我们吧!对不……一个十一二岁的小孩在窗下这样仰着面对我哀求。

我茫然回首向房中一望,不知什么时候,桌上的墨水瓶已经打翻了,一只灰白色的皮球落在桌角。

懒懒地站起来将皮球拾起掷了出去。伸手时我看见自己的手上已污着还未干透的墨汁。

只是"Madame Bovary"①已合在地上,其余一切都没有变动,太阳依旧静静地照着。

眼角上似乎还湿着泪痕。但是,适才是些什么事呢?

梦?

1926年6月3日下午

---

① 法语。意为"包法利夫人"。

白日的梦

◎许杰

多时我没给你写信,我近日的心境,又从幻想的虚空之中,飘飘然跌入悲哀的深谷了。

我近日处境的困难,与生活的拮据,似乎在前几时的信中已经告诉过你了。这些事情,我不敢再来对你发牢骚,把你当出气筒子。我现在要告诉你的,是近几日来无日不在我心中引起高潮,而且即时使我陷入失望,辗转于无可诉说的情境中的,关于春子的想念了。

我对于春子的交情,我似乎曾经对你说过一二。春子是一个天真烂漫的女孩,她的天真的行为与忘机的欣笑,都很能使任何人生爱。她对于我是很好的,据她自己说,她是很敬重我,很相信我的;我之对她,也是如此。

但是,我是靠不住的哟!第一,我的年龄比她大,我是男性;第二,我的性格是如此放浪的;第三,我虽然娶了老婆,有了夏子,但我仍没有享受过性爱——我的爱火,正如极容易发火的黄磷火柴,无论在什么地方,要一触即发的。朋友!我自己晓得我是靠不住的哟!但我哪能对于可爱的春子,而不发生一些爱慕的心思呢?

我现在始知道了。我与春子表面上是友爱,而我的内在的心,却有极强的性爱潜伏着;我不晓得春子的心中有没有这种质素。

我对于春子的倾慕的心,一向是被我压住的,我的心中虽有时也会引起冲突,但冲突的结果,毕竟是道德法律与社会制裁得了胜利,把它压了下去。所以是不见有十分冲突的事情发生过。

我是时常希望着我的夏子死去的,但夏子总没有死。我现在觉悟了——我从天地运化之大道,四时循环之定理中推出因果的道理来了。我晓得温和的春子,是敌不过严辣的夏子的;而且春子也不能违背四时的定理,而来继续夏子的事业。我现在的生活,正是辗转于莫可奈何的赤日骄阳之下。她的势力,正可以到处笼罩住我的生命,我不能一步逃遁。要是我不是一个大力者,能够拖回地球倒转,使它自夏至春;我只好做一个忍耐家,自然等夏子回去,等春子重来。但是,我晓得,当夏子去后而来的春子,已经不是昔日的春子了——她已改变了性格,改变了灵魂,而且改变了名姓了。她在那个时候,她的芳名将改为秋子。

我的好友,你了解我这从周文王的《八卦》中推下来的天道吗?我是没有与春子结合的可能了。

但是我的无赖的心(所谓小人之心也者),却还有些不相信《周易》,更不相信从时序上推下来的天理。它是没有一日空的,一时一刻空的在幻想着,在做梦。它说春子是将重来的,它说春子重来的时候一定还是依然的春子的。它在黑夜里给我造梦,它在白日里也给我造梦。

啊!我的好友!我近几日,何日不在造梦呢!

只可怜的是我的处境与生活,连我的造梦的自由都没有,更讨厌的是现在的社会与物议,它们把我的说梦的自由,都无形中限制了,剥夺了。啊!可怜的现代的人生!你将连做梦都不能做了!

近日,我又决定,我要把我的梦境留住,我决定要在纸上留一些痕迹。于是我便开始写我的《暮春》。

我对于文字中的事实和见解,我将是不负责任的。我最怕的是春子自己看见了,一定要鄙夷我,轻视我;次之,便是平素与我的交际中,都罩上一层假面具的朋友,他们也骂我为衣冠禽兽。其实,在各人的很文雅而高贵的服饰以内,谁不包藏着一个兽性的赤裸裸的肉体呢?在具有曲线的与筋肉紧张的美丽的肉体里面,谁不包藏着一肚皮的粪和溺呢?朋友,便是我们的灵魂也是一样的,谁人能够保证人的纯洁而神圣的魂灵中,没有极下贱极卑污的兽性在蠢动着,不和我上面所说的衣服与肉体中包藏着污秽一样呢?我相信我是没有隐饰,我相信我还是纯贞。我的好友,你亦能如此相信我吗?我只是相信我在做梦,我在说梦,我不心愿:听我说梦的人,插一句嘴,破坏我的美梦。

让我且回过头来说春子罢!

因为近几年来我的生活奔波,东西漂流而久没有给我通信的春子,近日竟然寄给我一封信。啊!这一封信哟!便引起我更高的心潮,引导我走入更深的梦境。那时我已开始在写我的《暮春》了。我在《暮春》中,是记我梦境中告诉我的情形的,我似乎是知道了春子是一定要与他人结合的;但将来的春子,还是我的春子——虽然她将变为秋子了。我想就是今日的春子,异日变为秋子了;但她的性格总是近于春子,而不是夏子可以比拟的。我仍爱春子。

实在说一句,我晓得过几时之后,夏子一离开我,而我的春子便将归诸我了。

但是,朋友!现在我又不能做这样的梦了,我在几日以前,我已听到春子和我的一位好友订婚的消息了。我很舍不得,但我无资格挽回。我欲把我的《暮春》毁去,但我又因为生活在诱骗而没有做。这又是深一层的悲哀了。我的夏子还没有去,春子又不肯坐着等我;我的那位朋友又与我很有交情,我又不希望他们中途离开。我踌躇着,我连我自己的梦都不敢做,我恐怕得罪我的春子,得罪我的那位朋友;更怕伤及春子与她的丈夫之间的未来幸福。这真使我左右为难,这又是深一层的悲哀了!

我为了此,曾经极力地吃酒,我醉倒在一个游戏场中的天栅上逾四小时;我醉了以后,大吐其血。"这是从我的生命中流出来的鲜血啊!我不知道春子若是晓得我为了她而吐血时,她将起怎样的感想了?"但我总没有忘了这事。我只是愈觉得孤独,愈沉入深沉的梦境中。

我有一个朋友,他得到这个消息之后,很为我悲伤;他说,他将在他的可能的范围以内,极力破坏;但我不十分赞成,他的情词写得很恳切,他很为我表同感;他说,他的见解与行为,是一定要招人疑忌的,但他也不心顾有人谅解。他的心虽然很可嘉,但我却不能采纳。啊!我是实在不心顾以春子的未来的幸福,来向我下孤注的。我爱春子,我不能赞成我的朋友的好意去破坏她的成功。

我几次想咬紧牙关,提起笔来,写一封最后的信给春子。在信中,我将告诉她,我是在如何地爱她;我将请求她,了解我的苦心;我更希望她从此以后,把我的一切忘掉。我所要求的,只是如此,只是希望她晓得我是一向在爱她,我的爱是不希望酬报的,我的爱是——但是我没有写。

现在,我的《暮春》已经写好了。我真的想在《暮春》的书面上,题献给她。我拟好了腹稿,说:"此书呈献给我的女友春子。"但我也一样的,恐怕以后伤及她的幸福,所以没有做。啊!我的心是如何苦呀!

可怜我这几十年的生活历程中,并没有一日享受到恋爱的滋味过,却饱尝了恋爱的苦辛了——而且是"哑子吃黄连,不能对人言"的苦辛呢!

现在,是春雨连绵的春夜,是春风和煦的春晨;或是春云四布,酷似残冬的暮天,或是星月满天,使人觉得如深秋一般高旷的清夜;我都在做着我"醒时的梦"——白日的梦!

我的好友,你懂得我的悲哀了吗?我不知在几时才可以跳出这梦的深渊呢!

绿色的梦

◎陆文夫

近些年来,梦特别多。没有美梦,没有噩梦,更没有桃色的梦;所有的梦几乎都是些既模糊,又清晰,大都十分遥远的记忆。生活好像是一部漫长的纪录片,白天在录制和放映后半部,晚上却在睡梦中从头放起,好像一个摄影师在检查他那即将摄制完成的样片。

在那纪录片的开头,在那些清晰而遥远的记忆里,天空是蓝色的,大地是绿色的,一片柔和的绿蓝使生命得以舒展。那大地的油绿是青青的麦苗,是柳树的绿叶,是还青的春草,是抽芽的芦苇……那好像是梦,我曾经躺在那铺满春草的田岸上,看那油绿的麦苗在蓝天下闪光,在微风中起浪,听那云雀在云端里唧唧地歌唱。

麦浪,在缭绕的魂梦中经常出现这种绿色的波浪,这种波浪的翻滚能使人感到平和、安静。麦浪不是海浪,没有拍岸的惊涛,没有隆隆的响声,没有海水的咸腥,只有一种细微的沙沙声,大概是麦叶和麦叶相互碰撞。有阵阵野花的香味,却看不见花在什么地方;听得见云雀的叫声,却看不见云雀的身影,她像箭也似的从麦垄间直插穹窿,飞鸣欢唱过一阵之后,又像箭也似的射入麦浪之间。

人平躺着,眼迷蒙着,和煦的阳光像一条温暖的、无形的

被，躺在这绿色的巨床上，是醒着，是睡着，是梦境还是记忆？

那不是梦，那是半个世纪之前。在家乡的田野上几乎看不见村庄，远眺村庄都是些黑压压的林带，十分整齐地排列在绿色的田野上。如果一个村庄上没有树，没有参天的树，而使低矮的房屋裸露在外面，行路的人就会说："那是一个穷地方。"连叫花子都会不进那个村庄。

农民虽然不知道什么叫生态平衡，却知道林木是财富，是财富的象征。穷人家的屋前屋后都没有树，不是早伐了就是当柴烧掉了，所以农民嫁女儿首先要看看男家是否有竹园，是否有大树。小时候，祖母老是要跟我讲一个故事，说我家屋后那棵两个孩子都抱不过来的大叶杨，当年只有孩子的手臂那么粗。那年闹春荒，缺草也缺粮，她拿着斧头去砍那棵小树，砍了两下没有舍得，情愿饿着肚子到芦苇滩里去割草叶。那棵大杨树是我们家的骄傲，是我玩乐的天梯，那树上有无数的知了，有十多个鸟窝，可以捉知了，可以掏鸟窝，可以捡蝉蜕卖给中药铺。

我们的村庄上家家都有很多树，大多种在门前小河的两岸，有些柳树和桃树长大了以后就斜盖在河面上，两岸的树像一条绿色的天篷，沿着村庄逶迤而去。这天篷下的小河就成了儿童们的乐园，特别是男孩子们的乐园，因为男孩子们大都会游水、会爬树，只要好玩，都无所畏惧。农村里没有幼儿园，都是村庄上的大孩子带着小孩子，整天在这种绿色的乐园里转悠，摸虾，捉鱼，采果实，掏鸟窝，放野火，说是烧过的野草明年会长得更好、更绿。

每逢暮色苍茫，你可以听见村庄上时不时有三声两声，那声音尖锐、悠长、焦急、慈祥，那是母亲在呼唤孩子，那拖得很长的呼唤声,能把一里路之内的孩子从绿色的天地里召回来,洗脸,吃饭,然后便进入梦乡,那梦当然也是绿色的,能使人没齿难忘。

我家那时没有竹园,这是我祖父的一大憾事,他当年造老家的草房时只想到前程远大,有一个大晒场;没有想到后步宽宏,种一片竹园。

竹园是个绿色的海洋,而且是不管春夏秋冬都是绿色的,即使严冬积雪,那绿色的枝条也会弹起来,露在皑皑的白雪上面。

我家虽然没有竹园,可我就读的私塾却在大片竹园的旁边,那个村庄上家家户户有竹园,一家一家连成片,绵延两三里。

读私塾是很寂寞的,整天坐在长板凳上摇头晃脑,念书、写字,动弹不得。没有上课下课,没有体育游戏,只能是两耳不闻窗外事,一心只读圣贤书。八九十来岁的顽童难以做到这一点,便以上茅厕为借口,跑到竹园里去,每次去两三个人,大家轮流,不被老师发现。其实老师也知道,只是睁只眼闭只眼罢了。

竹园是小小蒙童的迪斯尼乐园,迪斯尼乐园是大人们造好了给孩子们看,给孩子们玩的。竹园却是大自然给孩子们的恩赐,让孩子们自己动手,自己去寻找游乐的天地。那竹园的地下有蟋蟀,有刺猬,有冬眠的青蛇,有即将出土的蝉蛹。一场春雨之后会有蘑菇出现,只是当春笋出土的时候在竹园里走路得当心点。那竹园的上面有竹叶蜻蜓在枝叶间穿梭飞舞,有拖着长尾巴的大粉蝶,还有那种通身墨黑闪耀着金色花纹的大蝴蝶,那种蝴蝶一个人生平难遇几回。

竹园里的游戏也可以有声有色,可以在里面打仗,可以制造武器。用细竹和野藤制成的弓箭,能把栖息在高枝上的老鹰射得羽毛乱飞。可以用竹制成机关枪,摇起来照样咯咯地响。还能够制造小手枪,用豌豆做子弹也能射出三四丈。竹园还能变成运动场,可以爬高,可以荡秋千,可以玩单杠,只需砍下几根竹,用野藤横缚在两根粗壮的竹头上。

最有趣的是夏天,教室里闷热,老师也热得受不了,同意学生们把课桌搬到竹园里去学习。十几个蒙童散坐在幽篁里,有的玩耍,有的和老师一起打瞌睡,有的用野藤做吊床。躺在那种悠悠荡荡的吊床上,很快便能熟睡,直到大风吹动竹叶,发出松涛、海涛似的响声,才能把你惊醒,暴风雨来了!

绿色的梦又悄悄地来到枕边,带来了麦叶的响声,带来了野花的香气,似乎还有竹涛的沙沙,还有云雀的唧唧……突然间一阵轰鸣,好像天崩地裂!一辆装着钢筋的大卡车急驰而过,把好梦惊醒,那模仿虫叫的电子钟正报早晨六点。

这也是一种天地,是城市的天地,在这个天地里长大了的孩子,他们将来的梦可能是灰色的、白色的、五颜六色的。不是绿色的。可在所有的颜色之中,绿色最有生命力。

1992 年 2 月

翡翠色的梦

◎赵淑侠

我曾经有过一个梦,梦见我走在一片无垠的绿色里,两旁的树林是绿色,枝梢的翠鸟是绿色,脚下的丝绒一般的草地是绿色,前面一弯小溪,正潺潺流着的水也是绿色,头顶清澈的天空,也因受了感染,在淡淡的湛蓝中泛着一抹隐约的绿。

那是一个恬静的、和平的、沁爽的、绿得如翡翠般的梦。在那梦里,我没有一点惧怕,没有一点忧虑,我放心地走着,穿过树林,越过小溪,望着蓝里透绿的天空,漫步于看不到边际的草原。我的心里装满了绿色的希望……梦醒了,我睁开眼睛,纱窗上晃动着绿色的波痕,知了送来意气高昂的啸唱,空气里飘散着夏日的暖烘烘。世界果然跟梦境一样地娟好,果然有翡翠般的清隽安宁。

那个梦已过去许多年,是属于我还是一个小女孩时候的。那时的我,被父母的爱呵护着,被无忧的岁月娇宠着,在我童稚的眼光里,世界充满着希望的亮丽,在我的心扉中,人间没有仇恨,没有愁苦,没有破碎。梦里、现实里,总是一片谐和透剔的绿,一片如无垠的绿野般的无穷远景。我所知道的人间,染着可爱的翡翠色。

绿,代表着什么?翡翠代表着什么?梦又代表着什么?

人说:绿,象征着希望,翡翠冷艳而坚贞,梦吗?是随着人的肉身来到世界上的一个怪东西,世间亿万人口,很难找到个从来无梦的。不管上智下愚,老幼男女,哪个行道哪条路数上的,每个人都有属于他自己的梦,都有做梦的权力和经验。

人睡着了会做梦,醒着也照样做梦,睡中的梦不能控制,据云多半来自日间所思所见,事实上日有所思亦未见得便夜有所梦,往往想梦个怀念中的人,偏偏是大觉睡了几百场,仍然"魂魄不曾来入梦"。

醒着做梦,常被讥为空想、胡想,或者干脆就叫白日梦。然而并非所有的空想都是白日梦,凡是希望的、企盼的、向往而还未成为事实的,都可说是梦,也可说是期望、梦想、幻想,甚至是理想。

我常想,如果这个人间没有歌、没有画、没有花、没有鸟、没有山川河流和日月光华,该是多么阴暗恐怖,如果人没有梦,或有梦而无色彩,只有灰苍苍白茫茫的一片,那该又是多么贫乏干枯?上天赐给我们这个美丽玄妙的世界,又给我们做梦的能力和权力,使我们知道过了今天还有明天,过了明天还有一个明天,还有另一个明天,再一个明天。为了那些将要来到的、仿佛无穷尽的明天,我们怀着憧憬的情怀绘画着梦。梦带给我们在实际生活中寻不到的空灵虚玄之美,也让我们看到永远有希望在前面招手。梦点缀了人生,也诗化了人生。

我爱人生,我也爱梦,更爱这美丽玄妙的世界,愿这世界上的人都能拥有自己所爱的梦。当然,我知道这是很难的,多少残酷的现实,碾破了人的心,也碾碎了人的梦。当我走出那个种满了好花绿树的院落,进入尘埃滚滚的人寰,年龄随着岁月增长,天地便渐渐地呈现出另一副面貌。我看到刺刀的闪光,看到饥饿和死亡,看到弱肉强食,看到炸弹投下后的血肉横飞,看到被战争蹂躏过的、焦黑的土地里埋藏着血和泪。

于是,我清醒了,我的梦也变色了,她不再是安详宁宜、绿得滴出水来的翡翠色了,她变成了有厮杀、有仇恨、有死亡、有强权的丑陋的梦。和平与宽容,真纯与洁净已回到洪荒以前的幻觉世界,跟真实离得太遥远。于是,我失去了那个翡翠色的梦。

那个失去的梦是好的,是美,是我一直怀念的。

我一直为失去那个梦而悲哀,认为这个充满了欲念、凶恶、权势、猜忌、工业污染的地球,已不再供给生存在她怀抱里的人们翡翠色的梦了。

今天的我做的是什么梦?我梦到的是污染了的海水,病坏了的树林,被高楼挤没了的草原,被烟雾弥漫着的天空,被物欲玩弄得疲惫了的人,也梦到战争、流血、自相残杀和迫害异己。我有五颜六色的梦,唯独失去了那个满溢着祥和谐美的翡翠色的梦。

我悲哀着,深深地悲哀着,为失去的梦而悲哀。

有人说:生活在进步,科学发达得日新月异,现代人要追求花团锦簇、缤纷多彩的梦,谁还需要那带着原始颜色的翡翠色的梦?

我则说:世界在进步,科学发达得日新月异,但是人们喜爱自然、崇尚仁慈和平的禀性在减退。聪明的人类正用自己的手在毁灭自己。

有天和友人去瑞士乡间,行经山谷,越过一个深渊上的高桥,举目四望,见不尽的苍翠环绕,起伏的山峦上覆着深深浅浅的绿,渊下流着潺潺清泉,水流过处,淙淙作响。而山风徐来,天地寂寂,人走在其中,不觉浑然忘我,被大自然的美深深震撼,淳淳感化,不知不觉地融于其中,仿佛走在梦境里。

我对那朋友说:"瑞士人是属于少数的有条件幸运做做翡翠色的梦的。"

她道:"这是瑞士百余年来没有战争的结果,我们的河山不曾被破坏,我们的人民爱好和平。不过现在不行了。经济战打得凶啊!湖水在闹污染,一些森林被酸雨侵袭,自然生态已在破坏中。战争吗?核子武器打到欧洲任何一个地方,瑞士都不能幸免。我们也没资格做翡翠色的梦了。"

她的话如暮鼓晨钟,大大地震动了我,事情果然是如此地令人绝望吗?我不甘于接受她的悲观,但当我用冷静细微的思维去触碰这忙碌的世界时,竟也说不出何处还有一片净土。人们的笑脸下隐藏着焦虑,野心家正在为征服制造武器,科学像午夜的烟火般在空中放着异彩,留下的是炸药的气味和引人深思的黑暗。自然景物正被无情地破坏,和平的表面下有战争的菌虫在蠕动……

乐观的人说:这一切都不值得去担忧,当旧的毁灭后,新的才能诞生,生生息息,延延续续,兴衰枯荣,正是天演。

悲观的人,感到毁灭的危机正在逼近,已在觅安全的处所存身。令他们苦恼的是:不知何处有真正的安全?

我不完全乐观也不特别悲观,唯不免也像很多当今的知识分子一样,精神上感到深沉的压力,对未来——特别是属于中国人的,担着一份心思,怀着一些期望。

我渴望着重新寻回一个翡翠色的梦,那梦说神奇也神奇,说简单也简单:世界上突然听不到仇恨的字眼了,也看不到炮火的流光了,人们厌弃杀戮了,有权柄的年长者只想灌输子孙们以理性与智慧,而不想愚弄他们了。也没人因贪婪与自私去破坏自然的美好了。工厂和汽车的废气也不污染环境了。因财色犯罪的人越来越少了。一些顽固的脑袋渐渐地变得松活、懂得从错误中吸取经验,并且敢于正视现实、虚心学习了。人与人之间讲究信与诚,不再要油滑玩手段了……大地也在人性的美善中美丽起来了,花正开草正浓,绿树遍野,没有人知道什么叫酸雨,什么叫炸弹,宽容与和平是空气,充塞在任何最微小的角落里,你想不呼吸它也不行了,无论仰视天空俯视海水,还是漫步街头,视线里总有悦目的翠绿与碧蓝。每个人都可以拥有一个翡翠色的梦,在那里面,没有忧虑,没有惧怕,也不会忽然有人从背后捅来一个冷冰冰的扁钻,跟你要钱……

　　我在追求一个如我所想的翡翠色的梦,我的一些文章说明了我追求得多么炽烈。谢谢很多朋友们帮助我把"翡翠色的梦"展现在读者的眼前。

在杜甫草堂的昼梦

◎李霁野

成都的杜甫草堂十分幽静,是一个令人梦魂萦绕的地方。我去游览是在晴朗的白天,但也恍惚常入梦境。这些梦仿佛是一现的昙花,或转瞬即逝的海市蜃楼,但它们留下人生永恒的彩影,因为杜甫诗篇的魅力赋予了它们生命。我对于杜诗毫无研究,只作为素人稍稍浏览过,一部分还在童少年时期。有些诗篇留下亲切深刻的印象,大概因为同自己的生活发生了密切联系的缘故吧。我想,诗中有诗人的真实自我,诗才会有生命,读者与诗人的自我有同情同感,才会有艺术的欣赏与共鸣。有人说,古罗马诗人维吉尔的一行诗可以在读者心中引起无限联想,无穷意境,并不是夸张过誉。读杜甫诗,我常常想到这个评语。

在杜甫草堂漫步的时候,有些往事轻梦似的浮现心头,仿佛杜甫的诗魂就在我前后左右一样。这些轻梦应当用诗的形式表现才好,可惜我没有这种才能,只好写成"散文"了。

一九二三年秋到一九二五年秋,我在北京崇实中学读书,有几个教师对我特别关怀,时时说些鼓励我的话。那时有医生预言,我活不到四十岁,因为我的身体确实瘦弱得可怜。这些教师常常劝我多到操场上游戏活动。我心里对他们很感谢，在生活方式上也认真进行了一些变革。毕业之后，虽然同他们没有很多联系，心里倒是颇为怀念他们的。大约在分离五六年之后，我突然想到去访问他们，问候起居，我想他们是会很高兴的。门房还是旧人，彼此很熟，立刻欢快地畅谈起来了，我向他先问起一位刘老师，他惊讶地告诉我说，他已经逝世三年多了。谈谈他身后家庭情况之后，我又迟疑地问问另一位老师，他叹息一声说，也逝世了。我默立一会儿，告别走了。杜甫《赠卫八处士》中的诗句——访旧半为鬼，惊呼热中肠——叩着我的心扉，使我感伤，也给我安慰：原来这是人生的常事。

一九四三年一月，我逃出敌陷的北平，原想先回故乡，不料到离家不远的界首，听说我的故乡再度沦陷。杜甫的诗句又涌上我的心头："国破山河在……家书抵万金。"（《春望》）但是，"有弟皆分散，无家问死生。寄书长不达，况乃未休兵。"（《月夜忆舍弟》）我吟诵时觉得特别亲切，因为所写的正是我当时的处境和心情。

一九四四年三月到一九四六年三月，我在四川白沙女子师范学院教书。学校在一个有山有水的幽静美丽的地方（当然山只不过是土阜，水也只是一条小溪，但是"山不在高……水不在深"嘛）。虽然是在"风雨如磐黯故园"的艰苦岁月，个人的生活还算闲适，因为这里既有旧友，也有新交，很不寂寞。妻带两个孩子回我的故乡就食，相隔遥遥万里，我有时像杜甫在《恨别》中所写，"思家步月清宵立"，一面低吟他的《月夜》。"遥怜小儿女，未解忆长安"，正是我怀念孩子心情的写照。妻虽然未必有望月的雅兴，以至"香雾云鬟湿，清辉玉臂寒"，因为像我的一首拙作所写："怜君二载倍尝辛，独处吾乡无故人。

一夕三惊心数地,思远抚幼忆双亲。"但是"何时倚虚幌,双照泪痕干",却是我们共同的愿望啊!

做梦往往是不遵守逻辑规律的,在草堂的昼梦中也是如此。回忆这段往事时,我无端想到在寄一个青年朋友的诗中,曾对时光老人写过不敬的诗句"狡猾时光一小偷,背囊无底日搜求"、"残酷时光一老人,无怜少女少男心",心里觉得十分抱歉。有时我想,时光老人是一位卓越的化学家,善于提纯净化,人间有多少酸辛痛苦的经历,经过它的精工提炼,"别有一番滋味在心头";而许多愉快的回忆,却变为更耐人寻味的陈年佳酿了。

乡愁固然给我许多苦恼,"明日看云还杖藜"(《暮归》)却也使我得到许多乐趣。我是有长期在户外散步习惯的,但四川多阴雨天,白沙又是坡坡路,虽是石铺的道,走起来也很艰苦。有一个十多年不通音讯却在这里重逢的朋友,也很喜欢散步,我们常常结伴同游,边谈边走,渐渐也就如履平途,并不觉得步履维艰了。有时我们去看看溪边的野花芳草,有时我们去欣赏小山上怒放的红绿梅花,大约有三百株之多。有一次我们信步前行,仿佛迷路进入了一个世外的仙谷,水仙似的芳香扑鼻。我偶尔走笔写一首诗,记下散步所见的景物或所感的情思,现在能记起的有两首。

溪 景

春水蓝柔静似眠,涟漪隐闪有无间。
朦胧似识桃源路,夹岸芳菲横渔船。

仙 谷

山回路转白云梯,翠竹枝头一鸟啼。

羽映斜阳歌宛转,清音似叹行人稀。

抗日战争胜利结束了,我们自然感到无限欢欣。但是我和相处很愉快的旧友新交,不免都想到"人有悲欢离合,月有阴晴圆缺,此事古难全"、"人生不相见,动如参与商……明日隔山岳,世事两茫茫"这些大家熟记的诗句。这并不是我的猜想,在话别的月光晚会之后,一个朋友愁眉紧蹙,了了数言,所表现的就是这几句诗的意思;一个朋友就用"但愿人长久,千里共婵娟"安慰大家。以后有朋友还在信中说,别后更觉得上言几句诗亲切动人,希望能紧紧握住诗人的手。在这次话别会后,我写了这样一首绝句:

会合茫茫未可知,倚装惜别意迟迟。
他年回味巴山梦,记取清辉夜话时。

中国古典诗歌中有不少抒写友谊的名篇,杜甫的《梦李白》不愧是脍炙人口的杰作。"死别已吞声,生别常恻恻",写尽了多少人的怀友哀思啊! 在草堂漫步时,在朦胧的昼梦中,我梦晤两个小学同窗的好友,一个不久前在台北逝世,一个健在,但已经三十多年不通音讯了。香港的一个朋友告知我张目寒逝世的消息后,我写了两首挽诗。

一

卅年默默叹参商,忽报仙游在远乡。
曾冀古稀叙旧谊,一衣带水万重墙!

二

七年失忆大堪悲,追记良师愿未遂。

望断南天空怅怅，相看一笑亦成灰！

目寒是鲁迅先生在世界语专科学校教过的学生，曾有写回忆先生文章的意思，可惜未能实现。

那位三十多年不通音讯的朋友，并不是忘怀故人，而是有许多不得人心的障碍使我们失去了通信的自由。现在是撤除这些天怨人怨的人为障碍的时候了！我很高兴，近来有友人辗转抄来他的几首近作，故园情思，参商悲愤跃然纸上，在台湾省和祖国大陆上怀着这样感情的人何止千千万万，所以我把他的诗择抄两首，代表中华民族人民的呼声。

一

什刹海边忆故枝，春风骀荡碧千丝。
南来也种垂垂柳。不见花开惘惘思。

二

孤舟夜泊长淮岸，怒雨奔涛亦壮怀。
此是少年初羁旅，白头犹自在天涯。

这两首诗我特别觉得亲切，因为他在北京什刹海旁的寓所是我到京常住的地方，鹅黄柳色记忆犹新。第二首诗引起我一段愉快的回忆。一次我们谈到欣赏诗文与自己生活经验的关系，他说诗中所谈的这次旅行，使他特别喜爱柳永的两句词"今宵酒醒何处？杨柳岸，晓风残月"，因为他亲自经历过这样的境界。事隔半个多世纪，他还忆起这次经验，可见印象是何等深刻，乡愁是何等浓郁！

杜甫草堂是使人流连忘返的地方，还有很充实的内容可供观赏研究，像同游的李麦同志所记。但是我耽于昼梦，未能领略,是一件很可惜的事。在我离开不到一月之后,原有一个机会可以重游,但因为积压的事太多,长途往返也觉得心有余而力不足,满怀惋惜心情,我告假没有再去。后来接到一个朋友来信说,适在这个时候应某学会邀请到成都,游览了草堂,留下很愉快的印象。失去与友人晤谈的机会,当然更可惋惜。在人生的旅途上,可惋惜的事情是很多的,昼梦是安慰的良药。人常说"留得青山在,不怕没柴烧",大概是体会到这个意思的经验之谈吧。愿青山常在,青春与昼梦常青!

1981年2月27日

香港的说梦人

◎王安忆

多年来,西西和她所居住的地方,香港,保持着静默的距离。她似乎有一种奇异的能力,就是不让自己蹈入香港的现实,而是让香港谦恭地伫立在她的视野,任她看,想,然后写。这是一个虚构者和现实世界的典型关系,不是唇齿相依、痛痒相关的亲密的性质,反是间离的,越行越远,最终至于海市蜃楼。它是真实和梦境的关系,而文字将此梦境固定下来,使之免于消散和流逝。

我想,西西的梦又和真实的梦不同,她不是在睡里进行,相反,她是以抗拒睡眠来进行的,就像《飞毡》里的某些人物,肥土镇的天文台长,他的朋友——一个"在纸面上飞行的人",美丽的少女花艳颜,他们都是有幸看见飞毡,甚至乘飞毡飞行的人——所以,连西西的梦都是虚构的。香港是这样一个充满行动的世界,顾不上冥想,如西西这样,沉溺在醒着的梦境里,无功无用,实在是这世界分出的一点心,走开的一点神。所以,西西其实是替香港做梦,给这个太过结实的地方添一些虚无的魅影。

梦里的世界总是变形的,这点,西西的梦和真实的梦相仿,眼睛摄入的事物到梦里,就变成另一种情形——成人都变成孩子,有着天籁童贞;孩子呢,则成了先知;事态的演变不是循既定的逻辑,而是依人的心智,就好像上帝说要有光,就有了光;繁荣盛事呈现出苍凉的底色;寂寞的心却像花一样开放;古人穿越时间隧道寻找近代的旧相识;今人则溯流而上古觅求知音;空间打开新的维度,又关闭了旧的……而无论如何离奇怪诞,它最终又一定能镶嵌契合,自圆其说,合为一体。

这个做梦人有着怎样的眼睛和头脑呢?她似乎另有一种原理和逻辑,还有能量,可将原有的世界全散为互不关联的碎片,它们四处飞扬,旋转,忽然之间,各就各位,一下子携起手,组成一个全新的世界。或者换一种说法,如弗吉尼亚·伍尔芙描绘艾米莉·勃朗特:"她朝外望去,看到一个四分五裂、混乱不堪的世界,于是她觉得她的内心有一股力量,要在一部作品中把那分裂的世界重新合为一体。"这个世界不定比原先的合理,却更合乎人道。这个世界也不定比原先的坚固,它甚至相当脆弱,但是,它有着异常的亮度,多棱地照射,激起反光,交互相错,发出魅惑的引力。

在突厥国度的果鲁果鲁村里,编织飞毡的手艺其实很平常,可却年经日久失传,还因为地处偏僻失传,又因为进化中的变异中断遗传。可是就有那么一些人,幸运地保留了这个禀赋,于是,她就变成自由自在于芸芸众生人世之上飞翔俯瞰的那个精灵,将暗沉沉的梦魇化做良辰美景。

敬　启

　　因为某些技术上的原因,致使本书的个别作者尚未能联络上。敬请见书后,即与责任编辑联系,以便我们及时奉上样书与薄酬,并敬请见谅。